U0442678

# 大地之子

## 院士的大学时代

雷宇 侯志军 编著

中国青年出版社

图书在版编目（CIP）数据

大地之子 / 雷宇，侯志军编著 . —北京：中国青年出版社，2024.5

（院士的大学时代）

ISBN 978-7-5153-7325-6

Ⅰ.①大… Ⅱ.①雷… ②侯… Ⅲ.①通讯—作品集—中国—当代　Ⅳ.① I253

中国国家版本馆 CIP 数据核字（2024）第 108344 号

责任编辑：彭岩
特邀编辑：彭四平
装帧设计：周莹
出版发行：中国青年出版社
社　　址：北京市东城区东四十二条21号
网　　址：www.cyp.com.cn
编辑中心：010-57350407
营销中心：010-57350370
经　　销：新华书店
印　　刷：北京汇瑞嘉合文化发展有限公司
规　　格：710mm×1000mm　1/16
印　　张：17.5
字　　数：175千字
版　　次：2024年5月北京第1版
印　　次：2024年5月第1次印刷
定　　价：88.00元

如有印装质量问题，请凭购书发票与质检部联系调换
联系电话：010-57350337

# 编委会

**主　任**　黄晓玫　王焰新

**副主任**　王　华　王林清　刘　杰　唐忠阳
　　　　　王　甫　李建威　王力哲　陈文武
　　　　　蒋少涌

**主　编**　雷　宇　侯志军

**副主编**　吴仁喜　张子航　尚东光

**编　委**　曾雅琴　王美君　胡　林　刘振兴
　　　　　朱可芯　朱娟娟　罗智霖　徐周灿
　　　　　韦仕莉　张玉贤　王俊芳　王　海
　　　　　张　浩　许小康　王　珩　余尚蔚

**特别致谢**　中青校媒

**图书特邀编辑**　彭四平

**2022年度湖北省高等学校哲学社会科学研究重大项目（省社科基金前期资助项目）编号：22ZD050**

**中国地质大学（武汉）"双一流"文化传承创新项目**

系统、综合、
定量、立体

新型、智能、
绿色、惠民

赵鹏大
2023.7.20

风正一帆远
树立百年材
欲穷千里目
更上一层楼

熊鸿福
2023.4.19

学习，学习，再学习！
做到老，学到老，
才能攀登科学
高峰，

李晓光
2023.7.19

青春是用来
奋斗的

王绪绪
2023.9.19.

人生个那就像
　　微抛物一样
微晓的尺度却可以产生
　　宏观的效果！

谢树成
2023.7.1.

# 序言

国家需要，地质先行。1952年，满载北京大学、清华大学、天津大学、唐山铁道学院等地质系（科）的学科力量，我国创办了一所专门从事地质高等教育的学府，这就是中国地质大学的前身——北京地质学院。一大批名师巨擘从海内外会聚于此，与新中国共成长，构建起了新中国最早的地质高等教育体系，谱写着地质报国的华章。

建校70余年来，学校着力为解决区域、行业乃至人类面临的资源环境问题提供高水平的人才和科技支撑，培养出30余万名爱国奉献、堪当重任的毕业生，走出47位两院院士。以他们为代表的每一代地大人，都始终牢记肩头的国家责任和民族使命，砥砺奋进，与国家和民族同呼吸、共命运。

《院士的大学时代》一书作者对中国地质大学赵鹏大、殷鸿福、李曙光、王焰新、谢树成等5位院士进行专访，以人物通讯形式，还原院士的大学时代，生动勾勒出他们仰望星空的高远之志，扎根一线的求实之风，充盈天地的赤子之心。他们同广大中国科学家一样，以国家民族命运为己任，数十年如一日，不畏艰难，上下求索，主动服务国家战略，坚持瞄准"卡脖子"难题，实现"0"到"1"的突破，将饱含人民情怀的论文写在祖国大地上，用科研成果造福国计民生，为这个伟大的时代书写精彩篇章。

大学时代是人生成长的奠基阶段，是世界观、人生观和价值观形成的关键时期。《院士的大学时代》一书以科学为媒，大力弘扬科学家精神，点燃新时代青年的理想之灯、信念之光、科学之火种。

"士不可以不弘毅，任重而道远。"青年是时代前行的先锋，当以老一辈科学家为榜样，眼里有滚烫的星河，心中有大美的山海，让薪火代代相传，让青春熠熠生辉。

黄晓玫　中国地质大学（武汉）党委书记

# 目录

**赵鹏大院士**
人生的成就感在于不断向"前5%"发起挑战     3

**殷鸿福院士**
坐热"冷板凳"，淬炼"金钉子"     43

**李曙光院士**
专业兴趣是可以后天培养的     77

**王焰新院士**
拥有"大胸怀"，就不会纠结"小郁闷"     117

**谢树成院士**
勇闯"无人区"，探索"0到1"     159

## 新时代院士榜样教育与大学生价值引领创新研究调查报告
——基于全国万名大学生的问卷调查分析　　195

## 一代青年的成长需要崇高精神引领
——访青年学研究专家、华中师范大学
马克思主义学院院长万美容教授　　229

## 附录1
中国地大为国找矿七十年
——唤醒沉睡的高山　让它们献出无尽的宝藏　　249

## 附录2
勇攀珠峰的背后　　255

你能做到的事情只有不超过5%的人能做到，做的优异程度只有不超过5%的人能达到，这个时候才能获得成就感。

——赵鹏大

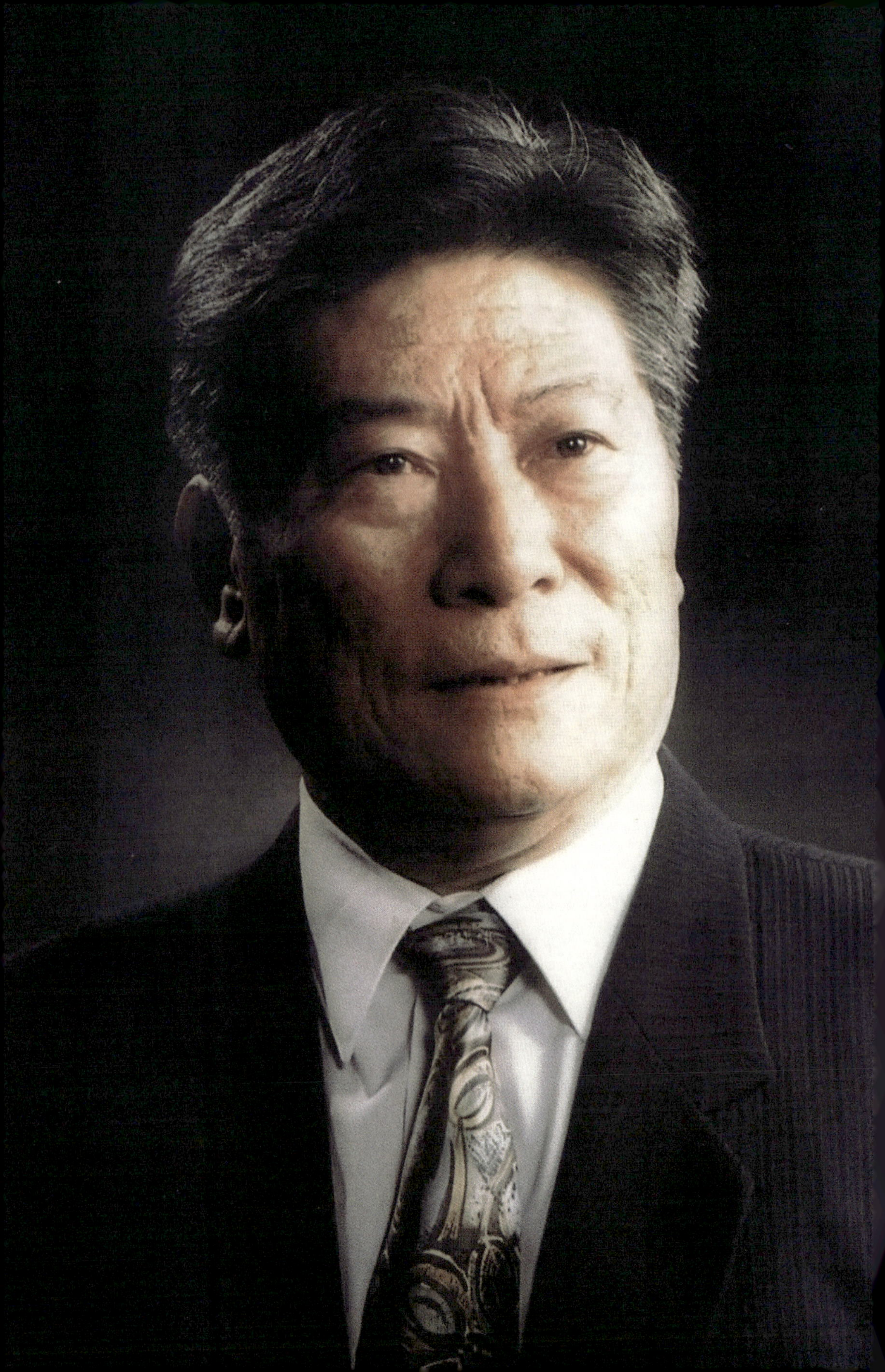

# 人生的成就感在于不断向"前5%"发起挑战

◎ 赵鹏大院士

在中国地质大学（武汉）校园里，矗立着一座标志性建筑"四重门"，象征着该校70余年来从北京地质学院、湖北地质学院、武汉地质学院，到如今中国地质大学的发展之路。

广场前石碑上镌刻的"四重门"由中国地质大学老校长赵鹏大院士题名，值得注意的是，"门"字的笔画多了一个"丶"。

不少同学跑去赵鹏大的微博留言："赵老师，'门'字为什么多了一点？"赵鹏大回复："门要多一点，拔要少一点。自己找门，自己成长。"

这位"最潮老校长"早在2010年便开通微博，发布内容2300多条，收获4.4万余名粉丝。与学生讨论宿舍装修、呼吁教学楼节电、闲暇时"晒娃"、遇到关注者还"互粉"……腰杆笔挺、精神抖擞的赵鹏大院士总能和年轻人聊得来，没有人会想到这是一位已到鲐背之年的长者。

无论发微博、做科研，还是当校长，赵鹏大都信奉16个字："选好方向，逆境而上，完美为本，勤奋为纲。"

当选中国科学院院士，成为捧回国际数学地质最高奖"克伦宾奖章"的亚洲第一人；担任中国地质大学校长长达22年，带领学校实现从单科型院校向综合型大学的跨越式发展，成为新中国成立以来任职时间最长的大学校长。赵鹏大始终围绕16字箴言笃行不怠。

回望人生的成长经验，如今92岁高龄的赵鹏大院士依然记得多年前在北大演讲时提到的观点——"你能做到的事情只有不超过5%的人能做到，做的优异程度只有不超过5%的人能达到，这个时候才能获得成就感"。

## 苦难中成长的少年时代

1931年5月，赵鹏大出生在辽宁抚顺的一个普通铁路职工家庭，出生后不到四个月，"九·一八"事变爆发。

父亲不愿做日军铁蹄下的亡国奴，便带着妻子、大儿子和尚在襁褓中的赵鹏大南下入关，一路辗转到四川才勉强安定下来。

小学阶段，赵鹏大就萌生了对地质现象的好奇心。

四川矿产资源丰富，矿井众多。重视实践的自然课老师曾带着同学们下到煤矿参观，当看到黑色的煤炭源源不断地从地底开采出来，赵鹏大只觉得十分神奇。

他还参观过盐井和火井，观察卤水制盐的过程，甚至每天上学放学，都会经过运输卤水的竹管道，这给年幼的赵鹏大带来很大的震撼，探索地质奥秘的种子也在心中悄然扎根。

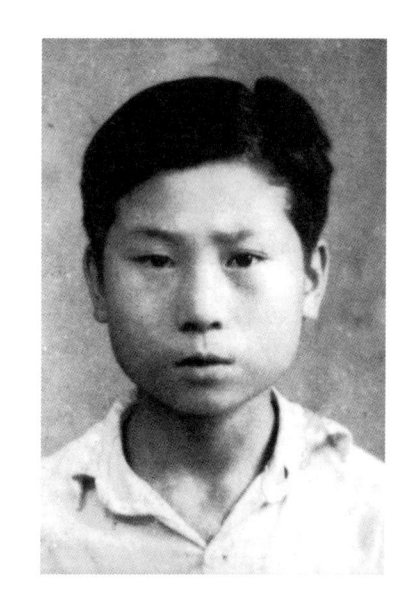

▲ 1944年在四川自贡市国立东北中山中学读初中时

12岁时,赵鹏大离开父母,来到位于四川威远静宁寺的东北流亡中学,住校读初中。当时,吃饭时没有蔬菜,就用辣椒粉和盐粒拌饭,有时还必须忍饥挨饿。

虽然求学条件艰苦,但几乎每一位老师都很优秀,不少授课教师都是从清华大学、北京师范大学等名校流亡至此的大学教授,承担着外语、数学、生物、化学等基础课程的教学工作,这在当时是一种颇为"奢侈"的享受。

学校的半军事化管理给赵鹏大留下了深刻的印象。

被子要像豆腐块一般,棱角分明,铺平叠好;每个人床下有一个装衣服的竹篮,必须摆放整齐;一日三餐必须在喊完"立正、稍息、开动"之后才能动筷吃饭……

颠沛流离的岁月里,"哪里有学校"成为赵鹏大一家逃难路上考虑的首要问题。父母虽然文化程度不高,但始终不让两个孩子辍学。从小学到高中,赵鹏大先后换了9所学校。

时至今日,回忆起这段在战乱中顽强求学的经历,赵鹏大感慨,正是那些艰苦的日子,培养起自己独立生活的能力、吃苦耐劳的精神和敏捷、细心、有序、准时的好习惯,为日后的科研人生打下了良好的基础。

后来,兄弟两人先后考入北京大学,哥哥就读于政治系,赵鹏大就读于地质系。一个四处逃难的普通家庭培养出两个北大学生,堪称奇迹。

1948年高中毕业后,成绩优异的赵鹏大一度为"选择哪所大学"的问题犯了难。当时,社会动荡,货币贬值得厉害,包括燕京大学、辅仁大学在内的私立高校,都开出了不菲的"学费"——20袋面粉,长期流亡的赵鹏大家根本拿不出这么多粮食。而北京大学、清华大学、南开大学等公立学校则不用掏学费,加上赵鹏大从小就对地质感兴趣,便坚定地填报了北京大学地质系,这样一来,既不给家里添过多的负担,又兼顾了自己的学习兴趣。

起初,家人对这一决定并不理解。母亲认为搞地质四处奔波、风餐露宿,"跟乞丐差不多"。父亲则深受抗日救国思潮的影响,希望哥哥能"政治救国",学习政治,而赵鹏大则要"军事救国",报考军校。爷爷甚至把地质学看成"看风水",质疑他"为什么要当个风水先生"。

唯独哥哥支持他的选择。"北大地质系历史最久、师资最强、条件最好,一个系还独有一栋小楼呢。"就读于北京大学政治系的哥哥帮忙劝说家人。

就这样,赵鹏大坚持了自己的梦想,成为当年北京大学地质系在全国招录的12名新生之一。

## 在北大校园明确人生的"两个方向"

从小就对地质感兴趣的赵鹏大,进入大学后仿佛"如鱼得水"。

北京大学的学习氛围宽松、自由,鼓励创新、冒尖。大学前两年,赵鹏大就超前自学了不少高年级的课程,还阅读了大量地质期刊。

利用课余时间创作科普文章是他的一件乐事。

每写好一篇文章,赵鹏大就会和几位同学一起,装好信封,贴上邮票,向《新民晚报》《长江日报》等各大报社投稿,一段时间后,被录用的文章还会收到报社寄来的微薄稿费。其间,赵鹏大还为自己取了一个笔名"桥",有时写作"木乔"。

几位同学还常常相互"比赛",看谁写得好,发表得多。如果发表了，就赶快互相告知"文章'appear'了"，如果没发表，就是"disappear"了。

就这样，赵鹏大在报纸杂志上陆续发表了《漫谈湖泊》《化石的故事》《煤》《石油的成因》等数十篇科普文章，一来二去，自己的写作能力也得到了提升，还多次被邀请到新华广播电台进行公开朗读。

多年后回望这段经历，赵鹏大认为，大学四年养成的勤于写作的习惯，让自己受益一生，"要想写好文章，就要勤于动脑、勤于阅读、勤于动手，这些好习惯是相互关联的"。

北大地质系创建于1909年，大师云集。新中国成立后，著名地质学家孙云铸担任系主任，王烈、潘钟祥、王鸿祯、马杏垣等知名学者都曾在地质系任教。

系主任孙云铸50岁出头，个子不高，曾在英国留学，讲授古生物学课程时，不时穿插英国的风土人情和趣事逸闻，让人大开眼界。马杏垣先生讲授《普通地质学》课程，幽默诙谐，上课时板书总是写得工工整整，给赵鹏大留下了深刻的印象。

当时，新中国高等教育刚刚起步，地质专业的参考书以英美等国出版的英文专著为主，很少有中文教材，甚至连微积分算题、分析化学写报告，都要求用英文来写。加之老师们上课进度快，难度大，这就给同学们的自学能力提出了很高的要求。

地质系有一间独立的图书室，赵鹏大常常在课后找来英文教材阅读，在一点点锻炼英语能力的同时，加深对知识的理解。直到现在，赵鹏大依然感念，大学时期读过的《沉积岩》《矿物学》《普通地质》等国外专著为自己后来的科研工作打下了扎实的基础。

除了自然科学相关书籍，艾思奇的《大众哲学》《辩证唯物主义和历史唯物主义》等"进步书籍"也成为赵鹏大的爱好，这对他的思考方式和认知视野带来了很大影响。

课堂学习之外，野外科考也是地质专业的必修课。

直到现在，赵鹏大依然清晰记得在甘肃玉门油田实习时的"惊险一幕"。

1950年，读大二的赵鹏大跟随马杏垣老师实习，赵鹏大和一位同学爬上了海拔约4000米的祁连山，眼看着不远处还有一座山丘，两人估摸着距离不算太远，便打算一鼓作气翻过去。可是，在海拔4000多米的高度，每走几十米都会气喘吁吁，没过多久，两人的体力就消耗大半。眼看着天色渐晚，集合时间临近，两人决定放弃前进，从一侧下山。

意料之外的是，下山路上峭壁连接着冰川，只能踩着冰川的窟窿一点点下滑，稍有不慎就会跌入身后的悬崖。就这样，在没有任何通信设备的情况下，两人摸着夜色在缝隙中向山下走去，到达山脚时已是夜里9点多。随行的马杏垣先生和同学们很是焦急，都为他们捏了把汗。

后来，赵鹏大还把这次惊险的考察经历，整理成《祁连山遇险记》一文，在北大校报上发表。

持续近三个月的野外实习中，马杏垣先生十分重视启发式教学。绘制地质剖面图时，马先生将学生分成两组，一组自西向东出发，另一组则自东向西，绘制完成后，两组再相互对照，发现问题。

在玉门油田，赵鹏大第一次接触到测井（一种油田勘探时的勘测方法，通过物探方法测得自然电位、电阻率等数据，进而预测油层的分布位置）。后来回到校园，赵鹏大还第一次体验了"当老师"的感觉，将自己通过实践操作总结出的研究体会，分享给低年级的学生。

北大求学期间，赵鹏大还听过许多"名师大咖"的讲座：朱光潜先生讲美学、季羡林先生讲东方语言学，也曾见过校长胡适穿着一身西装，文质彬彬地与同学们探讨货币贬值的问题。此外，还有毛主席的老师徐特立先生，陈毅、彭真、肖华等开国将军，龚澎、乔冠华等外交官，都曾受邀到北大讲学。

"了解形势，开阔眼界，增长知识，激励斗志"，赵鹏大曾用16个字来概括大学时听讲座对自己的影响。他反思道，现在很多大学很少请各行各业的大师来作报告，社会资源没被充分利用，学生也失去了许多学习的机会。

多年后，赵鹏大和青年学子交流时，总结提出了自己求学北大期间确立的"两个方向"——一是在1952年毕业前夕，加入了中国共产党，确立了决心为人民事业、为祖国事业奋斗终生的"政治方向"；二是在北大地质系四年的求学经历，使自己掌握了扎实的理论基础和野外实习的本领，确立了钻研一生的"专业方向"。

"选好方向，就是政治方向和业务方向一定要选好，这是一个人成长成才的起点。"赵鹏大院士说。

## 优秀的矿床学家必须跑上500个矿床

1952年大学毕业后，赵鹏大一心想着响应国家号召，到艰苦的地方为祖国找矿。当时，西藏刚刚和平解放不久，各方面条件非常艰苦，赵鹏大的第一志愿就是"去西藏从事野外地质工作"。但组织上没有同意他的申请。

也是在那一年，国家进行院系调整，为满足国家建设需要，

▲ 1954年在苏联莫斯科地质勘探学院读研究生时留影

北京地质学院应运而生，急需大批人才。就这样，赵鹏大被分配到刚刚成立的北京地质学院，参加建院工作。

1954年，国家派出大批留学生赴苏联留学，赵鹏大进入莫斯科地质勘探学院攻读矿产普查勘探研究生学位，师从著名地质学家雅克仁教授。雅克仁教授对赵鹏大说："要想成为一名优秀的矿床学家，必须跑上500个矿床！"

赵鹏大将老师的话记在心里。留苏期间的七个寒暑假里，赵鹏大没有游山玩水，而是啃着自带的黑面包，跑遍苏联境内的几十个矿床。他去过世界著名成矿带乌拉尔、乌克兰、外贝加尔、布里亚特蒙古，也到过冰雪足有膝盖深的北极圈内，考察科拉半岛。

由于常年奔波，赵鹏大患上了髌骨软化症，最严重时甚至不能正常行走，两条腿的粗细也不相同。医生劝他抓紧做手术，赵鹏大却不肯，"做了手术我就没办法工作了"。

"你是登山运动员？"

"不是，但我的工作必须爬山。"

后来，赵鹏大仍强忍剧痛带领学生到云南个旧锡矿区进行生产实习和科研工作。自己的腿疾，则在医生的建议下，坚持锻炼、坚持走路，逐渐得以缓解。

赵鹏大还由此总结出一套"养生秘诀"：最好的大夫是自己，最好的药物是走路，最好的疗法是自愈，最好的补品是坚韧。

1957年11月17日，这一天让赵鹏大终生难忘。

那天，毛泽东主席到访莫斯科大学，向中国留学生语重心长地讲出了那句经典名言："世界是你们的，也是我们的，但是归根结底是你们的。青年人朝气蓬勃，正在兴旺时期，好像早晨八、九点钟的太阳。"

那一刻，站在队列中的赵鹏大激动难抑。这也更坚定了他刻

1956年夏在布里亚特蒙古共和国直达钨矿区野外地质考察并收集论文资料

苦钻研,做出一番成绩的决心。

撰写研究生毕业论文时,赵鹏大发现,当时国内外的矿床勘探工作都缺乏定量研究,学者们大多从矿床勘探类型的划分、勘探网度的选择、合理勘探程度的确定等角度进行探讨,这些研究大多是定性描述和经验判断,这大大降低了矿床普查勘探作为一门现代学科的科学性和作为一门应用学科的可操作性。

因此,赵鹏大把地质勘探工作和矿床地质研究定量化作为研究生论文的首选方向,此后,对"数学地质"领域的开拓也萌芽于此时的探索。

适逢全国大炼钢铁，北京地质学院号召师生参与"全国找矿"。赵鹏大一边参与教学，一边负责找矿。他被任命为福建地质大队队长，在福建开展地质填图和找矿工作。此后几年间，赵鹏大多次南下福建，首次提出"区域勘探评价"的概念，从大区域角度研究矿床勘探程度、勘探经济及合理勘探程序。

1960年，赵鹏大参加了在北京召开的全国文教战线群英会，也是在这一年，29岁的赵鹏大晋升为北京地质学院最年轻的副教授，成为国内首位招收矿产普查与勘探学研究生的导师。

赵鹏大常说："对于做地质的人来说，在办公室里是做不出成果的。"此后几十年，赵鹏大几乎走遍了国内各大矿床，虽然没有到500个，也足足有二三百个之多。

带学生时，赵鹏大将雅克仁教授对自己的嘱托传承了下去，他曾对学生说："地质这门学问，类似于大夫，只有病理临床诊治得多了，才有类比的余地，开出恰当的处方。"

1990年夏天，年近花甲的赵鹏大带领学生深入新疆罗布泊地区进行野外勘探。盛夏的罗布泊，正午气温超50℃，没有水源和树荫，连飞禽走兽都不见踪迹。队员们洗脸、刷牙只能依靠卡车运来的一车水，接在饭盒里轮流使用，中午太阳高照，便躺在卡车底下，获得片刻阴凉。

赵鹏大勉励大家，"搞地质工作就是要到艰苦的地方去，才有可能找到矿"。终于，在赵鹏大的带领下，考察队征服了这片"死亡之海"，在北部地区发现了数条铜镍矿带。

直到82岁时，赵鹏大依然亲赴云南一处钨矿进行野外考察，坚持下矿井指导工作。

赵鹏大认为，科研应该有鲜明的实践导向，一方面是指科研的数据和成果要从实践中来，搞地质的人，首要条件就是要不怕吃苦，勇于实践；另一方面，科研成果要为生产服务，致力于解决生产实际问题。判断研究成果好坏的第一标准是能否解决实际问题，是否能受到生产部门的接受和欢迎；其次才是深化理论研究，撰写学术论文。

赵鹏大注意到，近年来，许多青年科研工作者受缚于所谓的"考核标准"，不得不"躲进小楼成一统"，实验做了很多，论文发了不少，却解决不了社会生产中的实际问题，"这就是本末倒置了"。

## 人生的成就感在于不断向"前5%"发起挑战

"从不拘泥于已有学术的束缚，善于在融合之后形成自己的新思维。"这是去年在赵鹏大院士从教70周年座谈会上，一位教授对他的评价。

回望赵鹏大院士治学、从教的人生历程，"创新"是贯穿始终的关键词。

1958年，赵鹏大从苏联学成归国，重新回到北京地质学院的教学岗位。他参与改写"矿产普查与勘探"的中文教材时，没有一味遵循苏联教材的既定框架，而是重新编写了几大新的章节，其中有许多章节的内容都是赵鹏大独创，连苏联的原版教材中也没有。

后来，他在国内率先提出，用数理统计的方式研究矿床合理勘探手段及工程间距，在我国开展矿产资源定量预测，这比国外学者提出类似方法早了6年。

"文化大革命"期间，赵鹏大的正常工作被迫中止，他来到农村，被安排去打扫厕所。从当时在国内小有名气的地质学者，一夜之间成为扫厕所的"清洁工"，赵鹏大不仅没有把这件苦差事

▶ 院士的大学时代——大地之子

▲ 左图：1955年在莫斯科大学校园一角留影

右图：1955年冬去苏联科拉半岛地质旅行途中经
列宁格勒·涅瓦河畔留影

当成羞辱，反而还扫出了"成就感"。

赵鹏大想到，过去人们用厕所，总嫌弃又脏又臭，现在轮到自己扫厕所了，为什么不能做出一些改变？他要求自己，一定要把厕所扫到最干净，还从家里拿来碱面，每天把玻璃、地板、大便池、小便池擦得干干净净，几天下来，厕所一点异味也没有了。

"文化大革命"后期，赵鹏大的工作逐渐恢复正常，科研干劲儿更加充足。

1974年，安徽马鞍山铁矿遇到了钻孔岩芯采取率低，设备面临报废的风险，技术人员找来赵鹏大求助。原来，按照当时的规范要求，钻孔的岩芯采取率不得低于75%，才能用于储量计算，而当地勘探队的很多钻孔都无法达到这一标准。

赵鹏大了解情况后，当即质疑了"标准"的合理性，他运用数理统计中的方差分析方法进行精确计算，最终得出钻孔岩芯采取率只需达到40%即可正常使用的结论，避免了大量钻孔直接报废的情况。

带着"定量化"这一研究志趣，赵鹏大先后在江苏、安徽、湖北、内蒙古、云南、新疆等地的矿区开展了不同比例尺成矿定量预测工作。在吸取国外先进理论和大量实践经验的基础上，他提出了"矿床统计预测"的基本理论、准则和方法体系，并以此为内容，编写教材和专著，开设相关课程，在国内首创"矿床统计预测"这一全新的学科方向。

此后，他的学术思想逐渐被世人所知。1989年，在美国华盛顿召开的第28届国际地质大会上，赵鹏大宣读了《矿产定量预测的基本理论、基本准则和基本方法》报告，这也是他在国际舞台上，首次将"数学地质"的研究系统地公之于众。

1992年，在第29届国际地质大会上，国际数学地质协会授予赵鹏大国际数学地质领域的最高奖"克伦宾奖章",赵鹏大成为获得该奖的亚洲第一人。协会主席麦坎蒙博士还将赵鹏大称为"中国数学地质之父","赵鹏大教授在数学地质领域作为研究者、教育者和带头人的长期经历和对数学地质的杰出贡献,使他荣获克伦宾奖章当之无愧"。

此外,赵鹏大在矿体地质及矿体变化三要素、成矿预测三理论、"三联式"成矿定量预测及数字找矿模型建立、非传统矿产资源的开发利用等方面都作出了大量开创性的贡献。

进入21世纪,随着大数据、云计算、人工智能等数字技术的迅速发展,赵鹏大又敏锐地提出"数字地质"的概念,探索出成矿预测大数据平台、"云找矿"服务系统等全新的研究方向。他指出,在大数据时代,任何科学都离不开数据,而"数字地质"就是地质科学的数据科学。

赵鹏大总结,人生的乐趣在于发现。无论大小巨细,新发现都是有价值的,在学术研究中更要崇尚创新,强调求异,力争做一些前人未曾做过的事情。他认为,一个人最大的成

▲ 2010年8月在老挝野外

就感应该是,"你做到的,别人很难做到"或"你能做到的优异程度,别人很少能达到"。也就是说,这种成果不论从国内外还是业内外来看,都应处于"前5%"的位置。

"你办了别人很难办到的事,取得了别人很难取得的成果,经历了别人很难经历的事,这才能获得最大的成就感"。

直到现在,赵鹏大常常跟自己指导的博士生讲,哪怕开一个很小的组会,也不能人云亦云,一定要有自己的思维,"敢于讲一点别人没有讲的东西"。

当了22年大学校长,培养出近170名博士,赵鹏大最看重能吃得了苦,又敢于创新的年轻人。

担任中国地质大学校长期间,他曾提出"五强"的人才培养理念,即:爱国心和责任感强、基础理论强、创新意识和创造能力强、计算机和外语能力强、管理能力强。赵鹏大认为,"五强"的理念在今天依然适用,面向国家重大需求,当今时代对创新意识和创造能力的呼唤尤为强烈。

时至今日,92岁的赵鹏大依然保持着每天"6小时睡眠""600字日记""6000步走路"的习惯,"静中有动,紧中有松,苦中求乐,名利无争"是他独特的人生哲学。他用亲身经历勉励青年人,永远不要满足于现状,不因小小的成绩而自满,也不因暂时的困顿而沉沦,学无止境,勇攀人生的高峰。

(雷宇、张子航、张玉贤,2023年7月20日上午,北京,中国地质大学赵鹏大院士办公室)

采访手记

「最潮老校长」的人生哲学

▶ 院士的大学时代——大地之子

赵鹏大院士今年92岁了，是本次院士寻访中年纪最长的一位。他曾被媒体称为"最潮老校长"——这两个看似矛盾的字眼如何集成于一人身上？赵鹏大院士"潮"在何处，又因何而"潮"？

一件时尚Polo衫，搭配浅灰色休闲裤、白色运动鞋，身姿挺拔地出现在视野里，这是赵鹏大院士给记者的第一印象，完全看不出这是一位已到鲐背之年的长者。记者心里暗念，"'最潮老校长'的称呼果然名不虚传"。

聊得越深，越能感受到赵鹏大院士的思维之"潮"，态度之"潮"——他勤于记录，善于思辨，日积月累，总结出一套自己凝练的"人生哲学"：面对健康，"静中有动，紧中有松，苦中求乐，名利无争"是他的养生之道，此后又发展出"保持健康体年轻态十诀""自健自医之道十诀"；面对工作，他总结出阅读、写作、思考"三勤"，教学、科研、咨询"三事"，专题、总结、回忆"三写"，勤奋、量力、公益"三需"；即使面对"死亡"这般常人讳莫如深的话题，他也乐于分享自己眼中"活的哲学"与"死的哲学"……

赵鹏大院士欣然向记者展示自己多年来记录的随笔和总结

赵鹏大院士 ◀

▲ 2005年，在加拿大参加数学地质年会后地质考察

的观点，足有厚厚几大本。字里行间都在告诉我们，面对世间的一切，眼前的这位长者活得无比通透。有超然的创新，也有不渝的坚守，有享受生活的达观，也有直面人生的勇气，方能在生命的海洋里弄潮搏浪，永立"潮"头。

# 个人简介

赵鹏大,数学地质、矿产普查勘探学家。满族,籍贯辽宁清原,1931年5月出生于沈阳。1952年毕业于北京大学地质学系,1958年在莫斯科地质勘探学院研究生毕业并获副博士学位。1993年当选为中国科学院院士。1995年当选为俄罗斯自然科学院外籍院士及国际高等学校科学院院士。中国地质大学(武汉)教授,湖北省科协荣誉委员。曾任中国地质大学校长、中国地质大学(武汉)名誉校长,国务院学位委员会委员及地质勘探、矿业、石油学科评议组召集人,第七届全国人大代表,第九届全国政协委员,湖北省学位委员会副主任,国际定量地层委员会表决委员等。

系统研究了矿产勘查中数学模型的应用。建立了矿产资源定量预测理论及方法体系。在对宁芜、个旧、铜陵及新疆等地区不同比例尺找矿统计预测方面，取得了明显效益，并建立了"矿床统计预测"新学科。1978年在我国率先开设"数学地质"和"矿床统计预测"等课程。享受国务院政府特殊津贴。1992年获国际数学地质协会最高奖——"克伦宾奖章"，成为获此殊荣的"第一位亚洲人"。代表作有《矿床统计预测》《地质异常成矿预测理论与实践》《非传统矿产资源概论》和《定量地学方法及应用》等。

# 一问一答

问：当了22年的校长，您最喜欢、最看重的是什么样的学生？

答：能吃得了苦，有开拓创新精神，能严格要求自己，这是最重要的。

问：您培养了100多个博士，现在还在带博士，您对博士生的要求有什么不同？

答：我不太在意文章发表的数量，而是特别看重他们解决实际问题、为国家做出实际贡献的能力。现在许多地方评价人才的标准，就是看他有几篇SCI文章、发表了多少高水平论文，我个人对这种情况其实很反感，不能以文章数量论英雄。特别是对工科研究来讲，我非常看重学生在社会生产和国家发展的进程中解决实际问题的能力。我认为在回应现实问题的基础上，凝练、升华而来的学术成果，才是好成果。相反，发表再多的文章，却解决不了实际问题，照样没用，这就是"纸上谈兵"了。

　　学生写论文的时候，我特别强调这篇文章的创新点在哪里，要首先明确创新点，然后瞄准这个方向不断努力，这样的文章才算有学术贡献。当然，这个贡献或许有大有小，我不太看重贡献究竟是大还是小，只要你能做出自己独立的贡献，哪怕是添砖加瓦，有自己的创新，这就是有"真本事"。

## 延伸阅读

### 此生对我有重大意义的十件大事

◎ 赵鹏大（2013）

▲ 2019年，赵鹏大在华人教育家颁奖会上

## 01 抗日流亡与独立生活

抗日战争时期，在四川威远、自贡市和江津等地就读小学和中学，特别是国立东北中山中学初中阶段的三年艰苦生活：12—15岁独立住校过、半军事化生活，培养我具有较强的独立生活能力，吃苦耐劳的精神以及敏捷、细心、有序、准时的好习惯。

## 02 北大就读与地质情怀

就读北京大学地质系，圆了我自小学起想学习地质矿业的梦。1948年考入北京大学地质系，确立了我一生的专业方向。经历了新旧中国的转折期，较早接受了民主进步教育，使我在大学阶段，在1952年毕业前加入中国共产党。良好的学习环境和师资条件，培养了较好的自学能力，打下了良好的业务基础。

## 03 留学苏联与奠定方向

留学苏联，开阔了视野，培养了能力，特别是外语能力和国际交往的能力，确定了矿产普查勘探的学科方向，较早开展定量勘查的研究，较早进入数学地质的交叉学科领域，确定了我的专业特色和优选方向。

## 04 研究基地与重视实际

稳定的科学研究基地——云南个旧锡矿。从1963年第一次去个旧锡矿开展科研工作,前后近半个世纪断断续续,从未割舍个旧情怀。最重要的是确定了科研为生产服务,科研为解决生产实际问题的研究宗旨和目标。判断研究成果好坏的第一标准是能否解决实际问题,是否能受生产部门接受和欢迎,在此基础上进行进一步深化理论研究,提升水平并撰写学术论文,不可本末倒置。

## 05 校长生涯与教育理念

从1983年担任武汉地质学院校长至2005年由中国地质大学总校校长职务上退出,总共历时22年的校长生涯,在一所大学担任如此较长时间的校长工作在我国也实属罕见。22年的时间涵盖了地大建校后1/3的历史,能把我的身心奉献给我国地质教育事业和地大的发展,是我此生最大的成就感来源之首。

我之所以担任如此长时间的校长,客观原因是地质大学两地办学,在我从1994年起担任大学总校校长至2005年撤销大学总校校长的11年中,我几次向教育部提出辞去校长职务,均未能被同意,说是"找不到一个对武汉、北京两边都熟悉、又能被两边接受的人接替你"。我也就只好从命了。校长是有任期的,而学校是永存的,地质大学不论以后如何发展,它将是永存的。我在22年任期中所做的主要工作和取得的成果也将是永存的。

1. 积极推进由单一地质类学科的地质学院向理工文管多学科协调发展的多科性大学方向发展，中国地质大学于1987年正式成立，在我任武汉地质学院院长期间，较早地（1985年前后）建立了计算机经济管理、应用化学、外语等非地学或地学延伸专业，为多学科发展创造了必要条件。

2. 20世纪80年代初期争取到世界银行贷款，在此经费基础上建立了有多种现代化仪器设备的岩矿测试中心，为增强学校的现代化设施创造了必要条件。

3. 争取进入到教育部第一批33所设立有研究生院的大学行列，为日后的博士、硕士点建设和学科发展创造了必要的条件。

4. 办好多种地学学术期刊，争取成立了中国地质大学出版社，为交流学术成果和扩大学术影响创造必要条件。

5. 在当年地质工作处于低

赵鹏大院士 ◀

▲ 1996年在新疆罗布泊野外工作

谷状态时，坚持学校不改名、不合并，坚持以地学为主，各学科协调发展，为保持地质大学的学科优势创造了必要条件。

6. 积极开展国际学术交流和国际合作，最早与美国爱达荷大学、澳大利亚马奎尔大学、韩国忠南大学、日本东京大学、俄罗斯莫斯科大学、西德下萨克森州的几所大学、俄罗斯国立地质勘探大学、圣彼得堡矿业大学等校建立合作联系和学术交流，特别是与莫斯科大学建立了联合培养大学生的合作机制并长期坚持实施，为学校的国际化创造了必要条件。

7. 积极推进大学的社会服务功能并使研究成果产业化，建立了科技服务公司和各种地质新产品公司（钻头、钎头、测试等）以及特色石材开发，深圳、莫斯科等外联窗口的建立，等等，为学校的社会化和开放型发展创造了必要条件。

8. 较早按因材施教理念开创地球科学实验班，培养优秀拔尖人才，较早建立双学位制，培养复合型人才，提出培养"五强"人才，为提高教学质量，满足社会不同需求提供人才保障创造必要条件。

9. 重视校园文化，校风学风建设，曾在"三育人"理念指导下建立机关干部轮流下至学生班级、宿舍开展学风建设负责制，较早提出16字校风（后改为学风）的建设意见，为发展传承学校优良学风和校风创造条件。

10. 较早进入"211工程"建设行列（湖北高校第一，全国高校第五进入），为学校日后发展创造了良好条件。

11. 坚持并积极推动南北校区作为一个整体，团结合作，共建高水平大学。在学校受地矿部和国土资源部领导时，坚决贯彻部党组"合则兴、分则衰"的整体思路和政策，在学校改由教育部领导并将大学总校撤销的情况下，仍排除各种阻力，坚持在大的方面，团结合作，提出"同举一面旗，各自增实力，共同谋发展，携手创一流"的观念。

12. 重视校友会工作，视校友为学校的宝贵财富，也是学校办学水平和教育质量的载体和表征，在南北分治后仍被选为地大校友会总会会长。提出："毕业不分南北，就业不分界别，职务不分大小，学历不分高低，在校不分长短，离校不分先后，均为光荣地大人。"总结出"地大人"的主要精神和特色是："艰苦为乐，视困难为机遇；实干为荣，视逆境为阶梯；志存高远，视公益为己任；为民建功，视得失为等闲。"以及"地大人"的实干精神："做多说少，做大说小，做了不说，说了必做。"还提出了"地大人"的"微博公约"倡议等，旨在团结校友为学校发展作出贡献，为校友的相互关心和团结创造良好氛围。

13. 提出了一些办学指导思想和办学理念，主要有：

一个为主（教学）；

二个中心（教学、科研）；

三项功能（人才培养、科学研究、社会服务）；

四力强校（创造力、贡献力、影响力、竞争力）；

五强人才（爱国心责任感强、基础理论强、外语及计算机能力强、管理能力强、创新能力强）；

三型大学："现代型、开放型、国际型"；

学科建设八字方针："前沿、急需、联合、交叉"；

校风："艰苦奋斗、严格谦逊、团结活泼、求实进取"；

学风："学风是灵魂，发现是核心，勤奋是关键，服务是根本。"

14. 重视学生实践能力培养，加强周口店及北戴河实习基地的建设，请校友温家宝总理在周口店实习站成立50周年之际，题写"摇篮"二字，对地质类年轻教师，要求工作前参加一年区域地质调查或一年矿床勘探实际工作，了解地质生产全过程。为加强学生专业外语阅读能力，曾建议图书馆免费为地质专业类学生赠送一本英文"普通地质学"教程，作为经常阅读的材料。同时建议教师上课时尽力将地质名词的英、俄语标注出来，提倡科学研究成果能有效解决各种实际问题，为生产密切服务，并在此基础上，进行理论提升。

15. 我担任校长22年，真正做到了"双肩挑"，也即行政工作与业务工作两不误。大学校长工作我全力以赴，力求提高效率见实效，长远考虑谋发展，业务工作我绝不耽误，做到教学科研全承担各得其所。我是如何处理看似矛盾的两者关系的？其一，是增加劳动强度，我实际每天工作有四个单元，白天基本上是全部投入校长的行政工作或会议之中，而在每天晚上10点以后，从10点钟到第二天凌晨2点的四个小时是我的"第四单元"，夜深人静，无人干扰，我可以全力以赴从事业务工作，看书，写文章，效率很高。另外，每年力求在假期行政工作相对较少时去野外现场从事地质工作。周六日不休息，可以用于做业务工作。其二，做到注意力转移或"兴奋点"转移，也就是说，在行政工作时不想业务，在业务工作时不想行政，到时候能立刻转换角色，而不致做这想那，顾此失彼，这点需要长期锻炼，养成习惯。而且两者之间也有互相促进之效，不丢业务工作，可以使自己不脱离专业发展形势，了解专业发展动态和趋势，有利于考虑学校建设和发展方向及重点；而行政工作锻炼了自己的实践工作能力，处理各种关系的科学思维和方法，两者可以相得益彰，相互促进，一并提高。

## 06 当选院士与责任担当

1993年当选中国科学院院士，当时院士校长在国内并不多，由于这个原因，学校在很多方面得益不少，对于提高学校知名度，扩大学校影响力均有较好的效果。如：我在教育部设置的各种组织中，如科技委评审组等我都是担任组长，而那些名牌大学，北大、清华、华工等因为其组员不是院士，所以由中国地质大学的我来担任组长，而不是由名牌大学的成员出任组长。还有国务院学位委员会委员，我作为中南地区大学的唯一代表而出任委员，等等。这些情况不是我个人本事有多大，或我本人的荣誉有多多，而是对学校产生了重要的影响，是突出了学校的影响。

## 07 桃李芬芳与教学相长

培养了近200名硕士、博士和博士后。迄今为止（2013年），博士毕业生已达113人，硕士23人，博士后20人，还有在读博士40余人，估计最后总数可达200人，这是我的"嫡系"弟子。作为博士生导师培养百名以上博士生，并有1名获百篇优秀博士论文奖，2名获百篇优秀博士论文提名奖和4名获省市级优秀博士论文奖，也是我在人才培养方面做出的一种贡献。有如此多的博士毕业生在国内导师中也是不多的，其原因有三：一是我从1984年起开始招收博士生；二是我较早就被批准为两个专业（数学地质和矿产普查与勘探）的博士生导师；三是我在京、汉两地招生，两地均有我的学术团队支持。

## 08 创新思维与学术追求

创新思维和超前意识，对新鲜事物和发展趋势的把握和敏感，对复杂事物和广泛领域的分析和凝练能力等素养的形成与我从上大学开始就不是死读书、只读书，而一直在从事专业与社会工作双肩挑和多重锻炼有关。科学思维与科学方法对一个人的成长和成就至关重要，在我治学和研究工作中能提出并形成自己的一些学术见解，学术思想和学术理论均受益于此，比较重要的有：

（1）矿体地质及矿体变化三因素（变化性质、变化程度及控制变化的因素），样品代表性三类型（个体代表性、分级代表性及总体代表性）；

（2）成矿预测三理论（类比、求异及定量组合）及地质异常成矿预测5P地段靶区圈定；

（3）"三联式"成矿定量预测及数字找矿模型建立（地质异常、成矿多样性及成矿谱系）；

（4）非传统矿产资源的认知、发现、开发和利用；

（5）《矿床勘查理论与方法》《矿床统计预测》《地质勘探中的统计分析》《非传统矿产资源概论》等几部典型代表专著的出版。

这是我毕生所从事的研究的心得结晶，在所研究领域增添了一砖一瓦。

## 09 各种奖励与人生激励

这一生我从事的教学、生产、科研、大学行政管理及社会活动等方面均获有奖励，有国家级、省部级，有企业的、民间的、社会的，有国际的、国内的各式各样的奖励，这些都是对我的鼓励、鞭策，也是一种肯定。其中：

国家级：自然科学三等奖，国家优秀教学成果二等奖，有突出贡献的中青年专家，国家特殊津贴

省部级：国家教委和湖北省科技进步一等奖，地矿部科技成果二等奖，北京市文教先进工作者

社会的：IET方正大学校长奖，"科学中国人"最受社会关注奖

企业的：云锡公司最高荣誉奖——天爵奖

国际的：国际数学地质协会最高奖——克伦宾奖章、俄罗斯自然科学院彼得大帝金质奖、十字功勋奖章、莫斯科大学名誉教授、俄罗斯国立地质勘探大学名誉教授、俄罗斯自然科学院院士、俄罗斯工程院院士、国际高等学校科学院院士、纽约科学院院士

其他：国家教委、国土资源部优秀教材奖；国家民委、国家侨委优秀奖

## 10 人生哲学与乐观向上

我的人生哲学促使我永远乐观向上：我对生活的乐观态度，我对身体的自信态度，我对别人的宽容态度，我对事业的认真态度。

人生的价值在于奉献,人生的乐趣在于发展;
人生的阅历在于实践,人生的品位在于磨炼。
选好方向,逆境而上;
完美为本,勤奋为纲;
静中有动,紧中有松;
苦中求乐,名利无争;
等等。
我不为名利而烦恼,
我不为名利而钻营。
我崇尚诚实待人,踏实做事,
我主张平等待人,一视同仁。
我反对自以为是,居功自傲,
我反对学霸作风,盛气凌人。
每个人都有比你强的地方,
每个人都有值得你学习的东西。
谦虚谨慎,务实求真,
团结合作,共同求进。

面对"卡脖子"相关的时代之问,殷鸿福院士用"钉钉子"精神做出回答。"每一位院士之所以成为院士,就是在不断突破国家'卡脖子'工程中成长起来的,而这些都离不开锚定一个国家需求的方向不断掘进的'钉钉子'精神。"

——殷鸿福

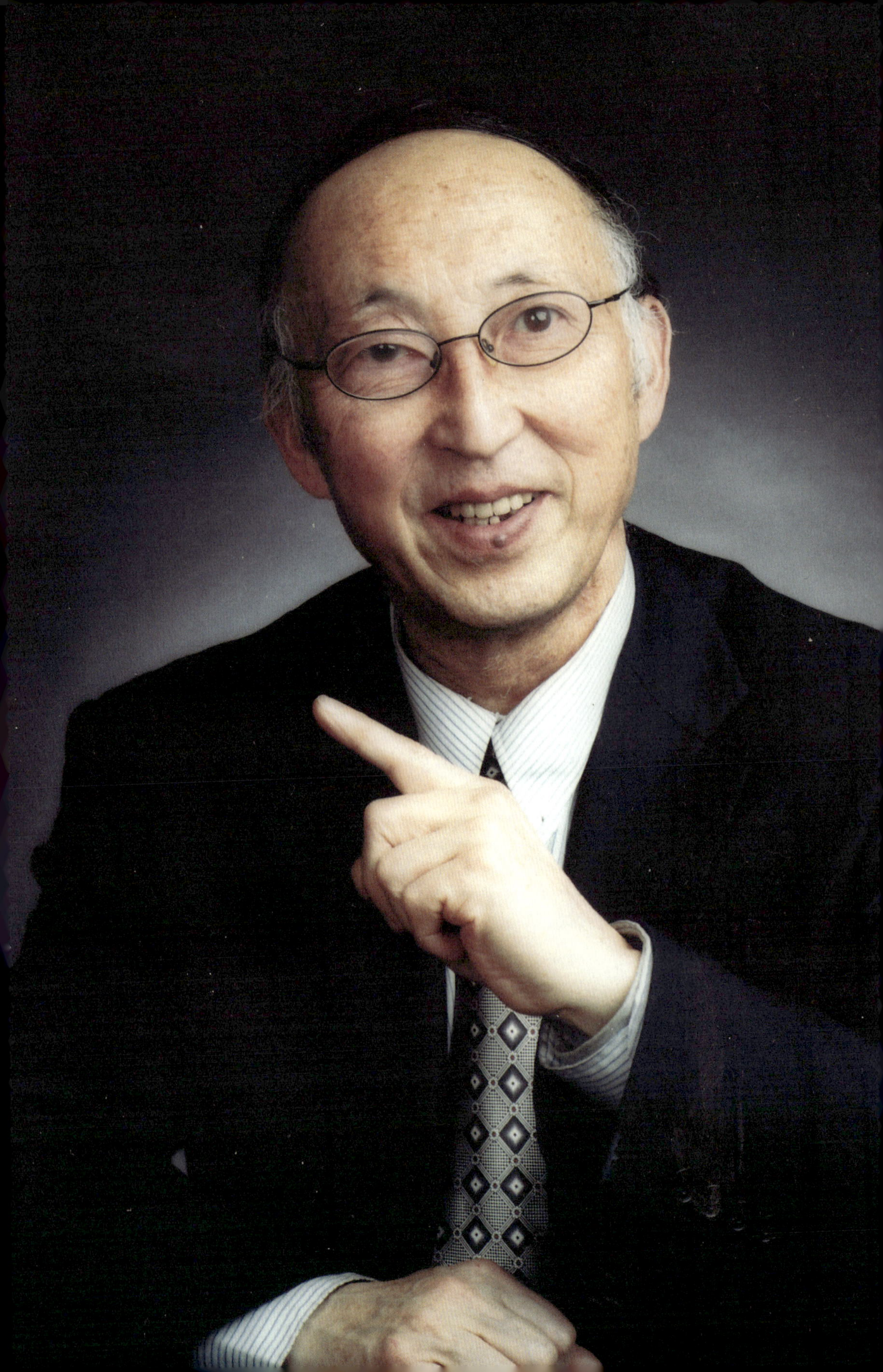

# 坐热『冷板凳』，淬炼『金钉子』

专业没有『冷门』与『热门』，国家需要就是一生志趣

◎ 殷鸿福院士

▶院士的大学时代——大地之子

"那时选择升学志愿也有'热门'与'冷门'之分。'热门'是指所谓'个人出路'大的，如工程等；'冷门'是指'个人出路'小的，如师范、文法、地质等，而且觉得功课好的应读'热门'，功课差的应读'冷门'……"

自1952年新中国首次高考启幕以来，如何选专业填报志愿，至今仍是热点话题。时光回溯至1953年5月26日，这是北京地质学院（今中国地质大学）大一学生殷鸿福在《中国青年报》上写下的当时社会上"流行的说法"。

填报志愿时，许多同龄人不理解，从小在江南水乡长大、高考成绩优异的殷鸿福，明明可以读清华大学、交通大学的电机、工程等"热门"专业，却执意选择刚成立不久的北京地质学院，学习矿产勘探。

从一个没爬过高山、没蹚过远路、"跑两步就喘"的文弱书生，到耄耋之年依然穿梭在高山峡谷，进行野外科考的地质学家；从北京地质学院的首届新生，成长为攻克地质古生物学"卡脖子"难题的中科院院士，殷鸿福用70年的时间，诠释了他的人生选择——"以自己能终身做一个地质工作者给祖国服务，而感到幸福和自豪"。

他从青年时代立下志向，用70年奋斗，为祖国地质事业在全

▲《中国青年报》1953年稿件

球地质史上钉上了一颗"金钉子",也把自己的人生打磨成了一颗金钉子。

回忆起18岁那年在《中国青年报》发表的《正确选定志愿,使我学习得好》一文,而今88岁的殷鸿福院士感慨,"面对'卡脖子',当今时代尤为呼唤'钉钉子'精神,锚定一个国家需求的方向,不断掘进"。

## 空一半的中国矿产分布图,让他决心填报"最苦的专业"

1952年,殷鸿福从上海育才中学毕业时,社会上流传着一种说法——"清华交大,电机机械"。彼时,在大多数同学眼中,学习这些"热门"专业是实现个人抱负的不二选择。

殷鸿福在中学时期就是班里的"尖子生",又担任班里的团支部委员。1952年8月,他参加了新中国第一次全国统一高考,按当时的成绩,他可以"稳上"清华大学或交通大学的热门专业。

殷鸿福和同班的另外两位团支部委员关系很好,三人常常一起"压马路",放学后相约着谈笑回家。有一段时间,班里突然传开了一句话:"别看他们几个是团干部,最后还不是一样选'清华交大电机机械'?"

然而,年少的殷鸿福有自己的考量。

其时,新中国百废待兴,矿产资源事关国计民生和国家安全,"地质工作搞不好,一马挡路,万马不能前行",国内急需大量地质人才,投身矿产资源勘探。1950年毛泽东主席访苏期间,专门为留苏学习地质专业的中国学生题字"开发矿业"。

▲ 我中学时代的世界地图

以石油为例，还笼罩在西方学者"中国贫油论"阴云中的中国大地，甚至有"一滴血也未必能换来一滴油"的说法。

情势的急迫从一个经典电影镜头中可见一斑：20世纪50年代，王进喜作为工业战线代表到北京参加"群英会"，看到长安街上的公共汽车都因为缺油背上了煤气包，这个后来以"铁人"闻名的汉子，蹲在路边直掉泪。

1952年，国家对高校进行院系大调整，一批来自国内地质领域的顶级专家从当时的北京大学、清华大学、天津大学等名校走出，来到新成立的北京地质学院，建设起新中国最早的高等地质教育体系。

"为祖国找矿"的号召，在年轻的殷鸿福内心埋下了一颗种子。

在中学老师黄杰民的地理课上,殷鸿福常常听得津津有味。听到黄老师讲起"我国东北地区矿产资源丰富",殷鸿福记在心里,特意借来《东北地质与矿产》一书求证。

有一次到大饼摊买早点,小贩手拿一本破旧的《世界地图册》,准备随手撕下一张,顺势裹上刚出锅的油条。殷鸿福见状,走上前去跟小贩商量,用一家人的早餐钱换来了这本二手的地图册。

翻开这本1947年出版的地图册,其中一页"中国矿产分布图"引起了殷鸿福的注意。泛黄褪色的图纸上,红色代表石油、蓝色代表铁矿、阴影区代表煤炭,我国东北地区标注密集,而内蒙古、宁夏、青海、新疆、西藏等西北地区却是大片空白。

想起黄老师在课上提到的,"中国虽然地大物博,可一半的矿产还没找到",殷鸿福陷入了深思,"东北矿产资源这么多,难道西北一点也没有吗?"

殷鸿福的父亲毕业于南开大学并专长英语,抗战胜利后,担任英国驻上海领事馆的翻译,在中学时期就特别关注对孩子外语水平的培养。

父亲每天都会给兄弟三人布置课外作业,第二天上班前检查,例如摘译英文杂志 *Readers Digest*(《读者文摘》)中的一段话。从小踏实努力的殷鸿福,总是完成得最好,父亲也有意引导他"子承父业",学习外语翻译。

然而,高考填报志愿时,兄弟三人中平日里"最听话"的殷鸿福做出了一个令人意想不到的决定——"越是苦的,越是国家需要的专业,我越要报"。

他把艰苦专业和个人兴趣做了结合——选中地质矿产与勘探专业,最终以超过当年清华大学录取分数的成绩考入了彼时刚刚筹建的北京地质学院。

## 大学时代是人生记忆中最美好的时光

1952年的秋天，17岁的殷鸿福走进北京地质学院，成为第一届新生。

开学典礼上，时任地质部部长、著名地质学家李四光动情地讲道："新中国办起了惊天动地的事业，航空学院是'惊天'，地质学院是'动地'，你们就是动地的勇士。"

而今回首那段如火的岁月，已是耄耋之年的殷鸿福院士满怀深情，"那是人生记忆中一段最美好的时光"。

彼时，虽然教学条件有限，但每位老师都很认真地上好每一堂课。

有一次，杨遵仪教授［1980年当选为中国科学院学部委员（院士）］在讲授一种名为"石燕"的化石时，为了让学生更好地理解化石形态，索性一只脚搭在椅子上，双手舞动，模仿燕子展翅的动作，还打趣地说道："看！这就是石燕的样子。"霎时间全场大笑。

此外，还有讲授地史学的王鸿祯教授［1980年当选为中国科学院学部委员（院士）］

▲ 1955年，大学

和讲授矿物学的於崇文教授（1995年当选为中国科学院院士），都是著名的地质学家。当时，同学们并不知道这些老师的来历，只觉得他们的课堂生动有趣，十分"硬核"。

一向踏实好学的殷鸿福也总结出了一套独到的学习方法。

一是课前预习，上课前，提前了解下一堂课的基本知识；二是"有选择"地记笔记，实际授课时，老师往往会打乱课本的既定顺序，为其赋予新的逻辑，这时，就要先在脑海中留心老师讲过的每个知识点，用几个字或十几个字记录概要，课后再抓紧回忆，将每段零散的笔记补充完整。

如此，不仅厘清了知识结构，也在多次重复记忆中加深了对知识的理解。几年下来，殷鸿福的手抄笔记积攒了厚厚的几大本。

当时班上的30名同学中，殷鸿福多数考试都在前三名。其中，大三上学期王鸿祯教授讲授的《地质历史学》课程逻辑尤为清晰，"很合胃口"，殷鸿福最终也取得了甲等的成绩。

由于新中国急缺矿产资源，系里安排的专业课程主要围绕"矿产"和"勘探"两个方向来设置，大多数课程与地质学和勘探工程有关。

大二划分专业时，又分成了三个小方向。一是普查专业，学习测量、填图等专业知识；二是金属专业，学习铁、铜等各类金属矿地质及勘探；三是煤田专业，主要学习煤的生成、煤矿地质及勘探等方面的知识。

在当时，这三个专业都很重要，但煤田地质及勘探专业是"肉眼可见"的苦和脏。殷鸿福选择的正是这个专业。

煤是植物形成的，研究煤田必须了解古生物：什么植物形成什么样的煤？古生物生长在怎样的年代？这些知识与古生物领域密切相关,也为殷鸿福日后研究兴趣的形成埋下了伏笔。

除了课堂学习,"跑西山"也是地质学院师生的日常活动。

如今的北京西山国家森林公园,位于中国地质大学(北京)的正西方向,是一处地质特征较为完善的"天然课堂"。

70年前,北京地质学院的老师就常常带领大家,利用周末时间"跑西山"。那时,学校食堂实行"供给制",免费为学生提供定额饭菜,不在学校吃饭的学生可以领取一天的馒头、一个鸡蛋和一个西红柿。

每到星期天,殷鸿福便和同学们早早起床,背起地质包,装上地质锤、罗盘和放大镜,带着一天的口粮,徒步爬到20公里外的红庙岭和鹫峰,进行野外考察。

从学校到西山没有公交车,习惯了上海百米左右就有一个车站的殷鸿福,着实吃了不小的苦头。一来一回常常要步行四五个小时,脚都磨出了血泡,爬到半山腰便汗流浃背……

那时,马杏垣老师[1980年当选为中国科学院学部委员(院士)]还特别对同学们提出要求,"搞地质的人,光有知识是不够的,还要有一双铁脚板",殷鸿福便暗下决心,苦练"走路"的本领。

除了周末爬西山,春假三天,他还和同学们"走"到周口店去。60公里路程,除了中途坐一段火车,两头都靠走,还要背负行李。一路上同学们谈笑风生,虽身体疲惫,精神上却得到了极大的满足。

时至今日,每每想起大学时期"跑西山"的经历,殷鸿福依然认为,这是对自己身体素质和精神品格的宝贵磨炼。

▶ 院士的大学时代——大地之子

# "白云环绕着祁连山，深山里有无尽的矿产"

"白云环绕着祁连山，鲜花开放在青海的草原，草原上有肥壮的牛羊，深山里有无尽的矿产……"

1955年，讲述在湖北黄石铁山工作的四二九勘探队和在西北祁连山工作的六〇五普查队"为祖国找矿"的纪录片《深山探宝》上映。影片中火热的勘探场景，给当时正在读大三的殷鸿福带来很大的触动。

国家向年轻的学子们发出号召，"去唤醒沉睡的高山，让它们献出无尽的宝藏"。校园广播里常常循环播放的这句充满豪迈诗意的呼唤，仿佛与一股理想主义的空气交织，回荡在每一个地质学子的心头。

时代的呼声，青春的回响。据统计，仅1952—1966年的14年间，北京地质学院就有数以万计的本科生、研究生，怀揣着"火一般的热情"投身山原旷野，奋战地质工作一线，被誉为"建设时期的游击队、侦察兵、先锋队"。

1955年8月，一个振奋人心的消息从大西北传来——甘肃境内的祁连山发现了"镜铁山"矿，宣告着我国结束了"西北无铁矿"的历史。然而，铁矿被发现后，找到炼铁的原材料——煤，成为当务之急。

1956年5月，还未大学毕业的殷鸿福和班上的大多数同学一道，主动响应号召，暂时中断毕业论文的写作，调到西北地质局寻找煤矿。

殷鸿福被分派到"公婆泉"工作——这里位于新疆、甘肃和蒙古国交界的戈壁滩上，当时是一个大漠横亘、人迹罕至的不

殷鸿福院士 ◀

▲ 1958年8月，南祁连山帐篷前

毛之地。由于缺少地理标识，又没有GPS定位技术，殷鸿福和队友们只能凭借一张纸质地图，判断自己在茫茫大漠中的大致位置，一不小心便会走出国界。

队员们以已经发掘的小煤矿为中心，找岩石、画路径，不断扩大搜寻范围。由于当时的地质填图（记者注：一种矿产勘探的基本工作方法，按照一定比例尺，将地质体和地质现象填绘在底图上，构成地质图）需要依靠计步器来测量距离，方圆几十公里的大漠，只能靠队员们一步一个脚印地丈量。

6月的戈壁滩，最高气温直逼40℃，皮肤皲裂，嘴唇干瘪，成为勘探队员的常态。

21岁的殷鸿福和队友们每天挎着两三个行军水壶出发，天气再热、再口渴，也不敢大口喝水，只能把一口水含在嘴里，直到嘴里的水变成了泡沫，才舍得咽下去。

三个月后，殷鸿福完成了填图找矿的工作，回到北京地质学院，顺利毕业。

与此同时，在西北地质局艰苦找矿三个月的经历，也让殷鸿福意识到，仅靠人和骆驼的"蛮力"，无法真正拉动我国地质事业的进步，只有科学研究带来的知识革新和技术进步，才是事业发展的根本动力。由此，殷鸿福萌生了继续深造的念头。

那一年，恰逢我国高等教育部推行"副博士研究生"招生制度改革，凭借大学期间扎实的知识基础，殷鸿福成功拿到当时北京地质学院仅有的3个招生名额之一，成为我国第一批国内导师招收的研究生，师从大学时期便留下深刻印象的杨遵仪院士。

直到如今，"白云环绕着祁连山"的旋律，依然深深镌刻在殷鸿福的脑海中，"搞地质的人，野外是第一实验室"，成为他70年来始终坚守的信条。

1985年，为寻找确定地层年代的"金钉子"，50岁的殷鸿福带病攀登海拔4000多米的岷山，因体力不支摔倒在乱石中，造成膝盖粉碎性骨折。然而，仅经过一年多的医治和休养，他又重新奔波在地质科考的路上。

现在，在中国地质大学（武汉），野外科考、野外生存依然是地质学专业新生的必修课。如何在野外生火、找吃的，是"00后"大学生们入学后必须掌握的第一项技能。

"野外考察那么苦，殷老师是怎么坚持下来的？"中国地质大学（武汉）地质学专业大四学生孙家淮，还记得四年前的新生第一课上，殷鸿福院士对同学们的谆谆嘱托："野外很苦，但想想祖国的需要，想想自己对地质事业的热爱，方能苦中作乐，化苦为乐。"

## 解决"卡脖子"问题，需要"钉钉子"精神

在导师杨遵仪院士的指导下，殷鸿福将地质古生物学确定为自己的研究志趣。1961年研究生毕业后，殷鸿福选择留校任教，站上三尺讲台的同时，带领学生奔波在崇山峻岭间，寻找上古遗迹。

"文化大革命"时期，许多学者都无法静下心来做学问，殷鸿福却表现出超乎常人的信念与毅力。

没有科研经费，殷鸿福硬是从每月40元的生活费中"挤"出钱来做学问；没有学术资料，他便想方设法借来相机，跑到距离学校很远的地质部图书馆拍下不外借的资料，冲洗出来对着放大镜学习；在那个学术刊物几经停办的年代，尽管无处发表，他

依然没有放弃学术思考，笔耕不辍，攒了七八篇论文。殷鸿福还在闲暇时继续苦学外语，延续了大学时期手抄笔记的习惯，学习笔记写了厚厚几本。

那时，三十出头的殷鸿福坚信，"哪怕我等到四十岁、五十岁，中国总是要建设的"。

事实证明，机会总是垂青于有准备的人。1980年，凭着扎实的学术积淀和一口流利的外语，殷鸿福成为中国第一批赴美进修的学者。

在美国的两年间，殷鸿福发表了6篇SCI论文，也深刻地感受到国内外教育和科研水平的差距。

殷鸿福注意到，当时美国的生物教材，已经重点关注细胞、分子和DNA，而国内却依然停留在动物和植物的分类。即使在殷鸿福深耕多年的地质古生物学领域，国外也涌现出大量的新知识、新视野。他下定决心，要把这些新知识带回来。

回国之际，美国一家大型石油公司向殷鸿福抛来橄榄枝，开出数千倍于国内的待遇，极力挽留他。

见殷鸿福去意已决，国外的同事善意地用希腊神话中推石头上山的西西弗斯的故事劝他："中国是个惯性很大的巨轮，想推动这巨轮的人，要当心被它碾扁。"

殷鸿福却笑着回答："总是要有人去推动这轮子的嘛。"

那时，殷鸿福在国内的全部收入是每月65元工资，而纽约一罐可口可乐的售价是6角5分美金。按当时的汇率，国内一个月的工资，大约只够买国外的10罐可乐，但他毅然回国。

回国后的20年，殷鸿福仿佛开启科研之路的爆发阶段，也为中国地质学领域迎来一个个足以载入史册的"高光时刻"。

"金钉子"是划分全球地层年代的世界统一标尺。因其数量稀少、界定标准严苛、对全球地学研究意义重大，一度成为各国地质学家竞争的焦点。国土范围内有没有"金钉子"，也被国际上视为衡量一个国家地学研究水平的标准之一。

面对这座全球性的学术高峰，各国科学家都在暗中角力，以争取在本国国土上标注更多的"金钉子"为荣。

直到20世纪80年代，西方国家陆续确定了数十颗"金钉子"，可国土面积居世界第三的中国，一颗也没有。

1986年，殷鸿福在国际学术会议上与国际二叠纪—三叠纪界线工作组主席、加拿大地质学家Tozer当庭交锋，根据实地考察推翻了国际上近百年来沿袭的化石标准，提出将我国浙江长兴煤山剖面作为一颗"金钉子"。

1993年，殷鸿福被推选为国际二叠纪—三叠纪界线工作组主席。同年11月，殷鸿福当选为中国科学院院士。

2001年，国际地质科学联合会正式确认，将中国浙江长兴煤山作为全球二叠纪—三叠纪界线层型剖面和点位，殷鸿福院士将全球地质史上最重要的三颗"金钉子"之一留在了中国。

现在，全球正式确立的"金钉子"有78颗。其中，中国占据11颗，成为全世界"金钉子"最多的国家。

"我们有火焰般的热情，战胜了一切疲劳和寒冷。背起了我们的行装，攀上了层层的山峰，我们满怀无限的希望，为祖国寻找出富饶的矿藏……"时至今日，88岁的殷鸿福院士唱起这首《勘探队员之歌》，依旧铿锵有力，激荡人心。

1953年12月22日，《勘探队员之歌》刊于《中国青年报》第4版，而后传唱70年，成为中国地质大学校歌，成为一代代中国地质人共同的精神旋律。也是在那一年，18岁的殷鸿福在《中国青年报》立下了"终身做一个地质工作者，为祖国服务"的青春誓言。

70年薪火相传，第一个煤田地质及勘探专业在北京地质学院建立，第一批放射性矿产地质找矿专家和核工业人才由这里培养，四十余名两院院士从这里走出，书写了"每1000名地学毕业生就有1位院士"的佳话……

70年与祖国共进，不断征服世界地质学研究的高山险滩。在殷鸿福院士看来，今天国家发展进程中面临很多压力重重的"卡脖子"问题，但是自己的青年时代国家面临的"卡脖子"更多更重，连火柴盒都要冠名一个"洋"字。

面对"卡脖子"相关的时代之问，殷鸿福院士用"钉钉子"精神做出回答。"每一位院士之所以成为院士，就是在不断突破国家'卡脖子'工程中成长起来的，而这些都离不开锚定一个国家需求的方向不断掘进的'钉钉子'精神。"

回望自己从大学时代开始的火热岁月，殷鸿福院士深切寄语当代青年，"人才二字，首先成'人'，其次成'才'"。

他说，成"人"就是要成为一个有家国情怀和社会责任感的人，成"才"则要有独立思考和批判精神。面对人生选择时，要把个人兴趣和国家需要结合起来，坐热寒窗十年的"冷板凳"，方能淬炼成人生的"金钉子"。

（雷宇、张子航，2023年4月19日下午，武汉，中国地质大学殷鸿福院士家中）

# 采访手记

## 年轻人要敢于『自找苦吃』

▶ 院士的大学时代——大地之子

采访前,记者多方协调,邀请到中国地质大学(武汉)地质学专业的大四学生、班级团支书孙家淮同学,与记者一同拜访殷鸿福院士。按照事先的约定,家淮提前在班上征集同学们最想向院士提出的问题,由他在采访现场代为转达——我们希望通过这样的方式,在院士和青年学生之间架起一座沟通的桥梁,也希望我们的采访确实能为困惑、迷茫的大学生们带来些什么。

没想到,家淮第一个问题非常尖锐,"现在许多同学都觉得地质学专业经常跑野外,太苦了,想问问您是怎么克服的?"

殷鸿福院士并没有提出某一条具体的解决办法,而是引导大家思考,"只要你足够地热爱和投入,就感觉不到苦了,这反而是一种乐趣"。在他看来,对吃苦的抱怨,本身就是一个伪命题。如果觉得现在太苦了,不妨问问自己,是不是足够喜爱眼前的工作。

回顾殷鸿福院士的成长之路,他正是一个敢于"自找苦吃"的人——

高考后放弃"热门"专业,学习矿产勘探。他说:"越是苦的,越是国家需要的专业,我越要报";"文革"时期,大多数学者都无法静下心来做学问,殷鸿福却想方设法苦学外语,攒下七八篇论文,他说:"哪怕我等到四十岁、五十岁,中国总是要建设的";归

殷鸿福院士 ◀

国之际，面对高薪挽留和直言相劝，他说，既然总要有人把巨石推上山顶，为什么自己不能当那个"西西弗斯"……

新时代青年，也应该有这股"自找苦吃"的精气神。

▲ 2001年，普通地质学课答疑

# 个人简介

殷鸿福，1935年生于浙江舟山，地层古生物学及地质学家。1993年当选为中国科学院院士。

1956年，本科毕业于北京地质学院，并继续攻读硕士。曾任中国地质大学（武汉）校长、教育部地球科学教学指导委员会主任。国际地层委员会三叠纪分会副主席、国际二叠纪—三叠纪界线工作组主席、国际地质对比规划359项主席。2018年全国最美教师获得者。

他推动了古生物学与地质学全面结合，系统介绍间断平衡论、新灾变论、事件地层学，提出地质演化突变观。发表了我国首部生态地层学专著。提出生—有机质—有机流体生物成矿系统，在此基础上推动建立了我国生物地质学学科体系。

殷鸿福曾发表化石描述近300种，图版80多幅；系统总结出中国及东亚的三叠系，并首次提出国际二叠系—三叠系界线新定义、界线事件的火山成因说等，确立了中国浙江长兴为全球二叠系—三叠系界线层型（金钉子）。其代表作有《生物地质学》《地质演化突变观》《中国古生物地理学》和《扬子及其周缘东吴—印支期生态地层学》。

# 一问一答

问：回顾中学阶段，您觉得对您影响最大的是什么？

答：中学阶段我受到的影响最大的主要有两个方面，一是学校教育和家庭教育，二是团的影响。

首先，学校教育和家庭教育，在英语和地理方面为我打下了很好的业务底子。学校很重视英语，我们英语课的教材是全英文的，老师教学大半是英语授课；地理老师黄杰民讲课十分生动，让我对地理产生了兴趣，并且开始阅读地理书籍。在家中，父亲很重视培养我学习，会给我布置课外作业，基本每天一篇英语作文。

其次，团的影响，其实不是狭义的团，而是整个国家形势的影响。这让我树立了理想。为实现中国崛起的理想，所以后来考虑国家的需要，我报考了北京地质学院的地质矿产与勘探专业。

问：在中学阶段怎么培养批判性思维呢？

答：现在的中学生存在死记硬背的现象，认为老师说的、课本上的全都是对的。我认为，这是因为课堂上缺少一定的时间和安排去让学生提出问题，学生课外学习的机会也较少。

虽然中学的课本是非常精简、经典的，但是有些东西将来还是有可能被推翻，我觉得老师不应该把课本都当成经典，应当让学生知道，课本上的东西也不一定是完全正确的。只有让学生们知道这个观点，他们才会敢想，不然他们可能从来都不敢去想。

我建议，我们的老师少讲一点，多和学生搞一点讨论，在讨论中启发学生遇到一件事首先想一想为什么这样，是不是对的，又对在哪儿。同时，老师要注重培养学生的原创思维，从他们思维养成的小学、中学阶段抓起，更善于引导他们从根源处找到问题。

## 延伸阅读

## 中国地学教育的金钉子

◎殷鸿福院士

▲ 2002年，向学生讲解化石

83岁的殷鸿福教授，是中国科学院院士、著名地层古生物学家、地质教育家。他先后倡导和开创了古生物地理学等一系列分支学科，提出了中国的地球生物学学科体系和发展战略；他领导科研团队克难攻坚，使浙江煤山被确立为全球地质年代划分的一个标准——即"金钉子"。他从小立志中国地质事业，曾获科技部野外科技突出贡献奖。他扎根地学教育，用初心成就生命演化之美，在高等教育的园地里，辛勤耕耘，默默付出，谱写了立德树人、无私奉献的美丽篇章。

## 投身地学寻求真知

殷鸿福1935年出生于浙江舟山，1945年进入上海育才中学就读。1952年，他以高分第一志愿报考了北京地质学院当时被视作"冷门"的地质矿产与勘探系。1953年5月26日，他在《中国青年报》发表名为《正确选定志愿，使我学习得好》的文章。他写道："我以自己能终身做一个地质工作者给祖国服务，而感到幸福和自豪。"

1956年，殷鸿福大学毕业后，师从著名地质古生物学家杨遵仪教授攻读研究生。为了撰写论文，他曾发着39度的高烧在贵州山区收集资料。他用这些亲自收集的资料，在论文中向当时由权威定下的雷口坡组属于拉丁期的标准挑战。后来，又首先提出了华北三叠纪海侵。

1961年，殷鸿福从北京地质学院研究生毕业后留校任教，正式开始地质教学与科研的旅程。在没有科研经费的情况下，他硬是从自己每月40元的生活费中挤出钱来搞研究，一张35毫米的胶片要拍4页材料，每周数次到离校很远的图书馆查阅资料，风雨无阻。在这期间他学习了英语、德语、俄语和法语，做了几千张学术卡片，记下了几十本学习笔记，拍摄了几十卷胶卷的资料，撰写了近十篇当时无法发表的研究论文。

1978年，43岁的殷鸿福晋升为武汉地质学院讲师。由于专业扎实，1980年便晋升为副教授。1980年3月至1982年3月，他作为高级访问学者赴美访学。在美国期间，他先后在美国自然历史博物馆、史密斯逊研究院工作，并先后在纽约科学院、耶鲁大学等25所大学和研究所讲学。一些科研合作者极力留下他，他都婉言谢绝。

1985年，年过半百的殷鸿福带队赴秦岭山区工作。为了追索二叠—三叠系界线，一天，他带病爬海拔4000米以上的岷山，下山时因体力不支，摔倒在乱石丛中，一条腿粉碎性骨折。但是依靠顽强的毅力，两年后，他又重新活跃在野外工作中。2009年，他获得科技部野外工作突出贡献奖。

1993年12月，是殷鸿福人生中最为难忘的日子，他凭着多年的研究积累，当选为中国科学院院士。1994年起，他担任中国地质大学（武汉）地球科学学院院长。1996年10月—2003年7月，他任中国地质大学（武汉）校长。此外，他还当选为第九、十届全国政协委员。

## 将"金钉子"定址中国

从20世纪60年代初开始，殷鸿福就在贵州从事三叠系地层学和古生物双壳类和腹足类的研究，建立了贵州省三叠系生物地层框架，并把嘉陵江组的时代定为早三叠世。

全球界线层型剖面和点（GSSP）俗称"金钉子"，是全球确定唯一的点位，被视为一个国家地层科研水平的反映，许多学者都以争取在其本国国土上建立界线层型为荣。由于是三颗断代界线金钉子之一，并且在界线处发生了地球历史上最大规模的集群绝灭，二叠—三叠系界线的研究备受国内外学者的重视，并成为国际地质界研究的热点。

直到20世纪80年代中期，国际二叠—三叠系界线划分一直采用伍氏耳菊石出现作为三叠系的开始。殷鸿福自20世纪70年代开始，就在华南广大地区开展了二叠—三叠系界线的研究。通过对国内外资料的分析研究，他认为耳菊石的地理分布具有局限性，不宜作为全球的对比标准，并在1986年于意大利召开的国际二叠—三叠系界线工作会议上，提出以微小型的牙形石的首次出现作为三叠系开始的标志。

1993年，殷鸿福在加拿大卡尔加里召开的国际二叠—三叠系界线工作组会议上，确定了4个国际二叠—三叠系界线层型候选剖面，其中浙江长兴煤山位居榜首。1996年，他联合中、美、俄、德四国的九名投票委员，在国际刊物上联名推荐以煤山D剖面27c层之底作为全球二叠系—三叠系界线层型剖面和点。

1996年国际上一些人抵制煤山。殷鸿福为争取煤山剖面所在地浙江长兴县正式开放，进行了大量工作，争取了多数科学家的支持。1999年9月，国务院正式批准开放长兴县。自1999年10月至2000年11月，先后对煤山剖面进行了界线工作组、三叠系分会、国际地层委员会三轮投票，均以很高赞成率获得通过。并在2001年2月由国际地质科学联合会确认，正式树为全球层型剖面和点位（GSSP）。该成果获得国家自然科学二等奖。

三叠系是殷鸿福从事地质研究的支点，殷鸿福先后在华北、祁连山、秦岭和青藏等地区从事三叠系地层和古生物研究。20世纪70年代末，通过在陕西渭北地区三叠系的研究，发现了典型的海相双壳类——正海扇等，首先提出了华北地区存在三叠纪海侵的观点。在丰富的野外第一手资料的基础上,建立了西北地区第一个海相中生界地层系统,即祁连山区海相三叠纪地层系统。

经过近十年的努力,殷鸿福系统重建了秦岭地区三叠纪地层系统,并在秦岭地区首次发现了海相拉丁阶及上三叠统,重塑了秦岭晚古生代裂陷史和印支期运动史,这些成果对于正确认识秦岭山系的地质演化及指导该区三叠系中所蕴含的丰富的金矿床的勘查具有重要的理论和实际价值。

## 从古生物学到地球生物学的转身

殷鸿福于1982年最早向国内介绍用古生物地理论证微板块和地体的活动,并于1988年出版了《中国古生物地理学》专著。1994年《中国古生物地理学》英文版由牛津大学出版社出版后,在国际古生物学学界引起了高度重视,国际著名期刊《科学》发表书评予以高度的评价,2000年该书获湖北省自然科学一等奖。

从达尔文、莱伊尔时代开始,地质学界和生物学界一直以渐变论占主导地位。20世纪70年代末,美国学者提出了生物演化突变观的间断平衡论,殷鸿福于1982年撰文向国内同行介绍这一演化理论。他认为这一观点符合科学研究的量变到质变规律,并结合自己多年来在华南二叠系、三叠系研究中获得的大量实际材料和证据,于1988年作为第一作者出版了《地质演化突变观》一书。著名科学家钱学森曾两次来信与他探讨问题,并指出:"地质演化突变观说明了马克思主义哲学的正确性。"

20世纪80年代末,殷鸿福首先将地质微生物活动与矿床学结合起来,主持了微生物成矿的研究。经过多年来的实践,提出了生物－有机质－流体成矿系统的理论体系。

殷鸿福主张把传统古生物学与地球历史环境联系起来，把生物和其所生存的环境的相互作用作为研究对象。他带领团队，从1982年开始有计划地开展了生物地质学方面的研究。1994年，他发表《生物地质学》一文，明确提出要"走生命科学与地球科学学科交叉的道路"。

同一时期，国际上兴起了新学科地球生物学，作为地球科学和生命科学的交叉学科，与地球物理学和地球化学一起构成了研究地球系统三大物质运动（生命、物理和化学）的学科体系。殷鸿福的研究工作与国际接近同步。2008年，生物地质学研究项目启动26年后，获得国家自然科学二等奖。在此基础上，他又带领团队继续发展新兴的地球生物学，提出了地球生物学初步的学科体系。

目前，殷鸿福已完成了中科院地学部委托的"地球生物学"，进一步正在或即将进行"深部地下生物圈"和"极端环境地质微生物"的学科发展战略研究项目，旨在发展具有中国特色的地球生物学，依据中国占优势的地层学和古生物学，以及新兴的地质微生物学，形成在国际上有创新特点的地球生物学学科理论和方法体系。

## 实干彰显"美丽"风范

在教学和科研中，不管山有多高，路有多远，殷鸿福都要亲自到野外考察。他常对学生们说："科学是实事求是的，我不亲自去野外考察，怎能拿出充分的证据让别人相信我的论证呢？"他到过世界屋脊、茫茫戈壁、云贵高原、西南边陲、秦岭山区、南海之滨，他住过帐篷，也住过条件极差的小客栈，足迹遍布祖国的山山水水。

殷鸿福深信：十年树木，百年树人，教书育人是教师的天职。他从不摆院士的架子。连续多年，他都会给地质学专业的大一本

▲ 殷鸿福院士接受湖北校媒采访

科生讲授《普通地质学》这门课。许多本科生在听完殷鸿福院士的《普通地质学》后都这样评价，"他讲课十分严谨、细致，并且对学生特别热情"。他还一直是《科学方法论》全校研究生课的主讲人之一，深受欢迎，被邀在武汉诸高校演讲。

除指导了一批又一批的大学生外，他还培养了约50名博士和硕士。在研究过程中，他一方面要求学生重视野外地质实践以掌握扎实的第一手资料，另外又能放手让学生自己去"闯"，以培养学生的创新精神，最后他严格把关，对于一些细小的学术问题从不马虎，以培养研究生的严谨的科学作风。

童金南是生物地质与环境地质国家重点实验室主任，他也是高考恢复后首批考入中国地质大学（武汉）的大学生。1982年，他开始在地大攻读硕士研究生，成为殷鸿福的"开山弟子"。"老师的人格魅力和科学精神对我的求学以及今后的为人师都影响深远，他是我的一盏明灯。"童金南说。

出生于1983年的宋海军，2003年被中国地质大学（武汉）录取。宋海军至今都清楚地记得殷鸿福为新生们主讲《普通地质学》时在课堂上说：地质科学，是开启地球奥秘的钥匙，我们就是要找到这个钥匙。在童金南的培养下，宋海军攻读博士学位，到海外留学，留校任教，目前已经成为专业领域的年轻教授，是国家优秀青年基金获得者、国家级青年人才。

王奉宇从小就喜欢石头，2014年填报大学志愿时，就毫不犹豫地报考地质学专业，选定宋海军作为"导师"，在假期野外探究时，发现了稀见的三叠纪腕足动物化石新属种，发表于国际学术期刊上。大四时，他入选中国大学生2018年十大年度人物。

从殷鸿福到王奉宇，四代地质人，时间长度跨越了近70年，"接力"谱写了一曲薪火相传的地质之歌，在校内外传为佳话。

殷鸿福不仅从事地质教学与科研工作，还投身到科学普及工作中。他每年都会到大中小学从事科普讲座，广受欢迎。他出版了《寻找恐龙的伙伴》《生物演化与人类未来》等科普书，有的还再版。在他看来，科学普及与科学教育、科学研究同等重要，参与科普工作，也是院士肩负的责任和义务。

回首六十年的治学之路，2018年度全国最美教师殷鸿福有太多的感悟。他经常说："问道争朝夕，治学忌功利。"这一方面是对学生们的勉励，另一方面也是自勉。在教学与研究的道路上，他是意志坚定的攀登者，他总是把登上的山顶作为开辟新路的起点，一步步从宇宙洪荒的地球深处走来，使自己由沙粒逐渐演化成民族的脊梁。

（根据中国地质大学（武汉）党委宣传部陈华文、徐燕报道整理）

回望起这段经历,李曙光曾这样写道:"春天山花烂漫时,我在水中眠;夏日才露尖尖角,迟开也鲜艳。"他常常用自己的经历鼓励年轻人:"人生是一场马拉松,起跑快慢并不重要,重要的是坚持不懈。"

——李曙光

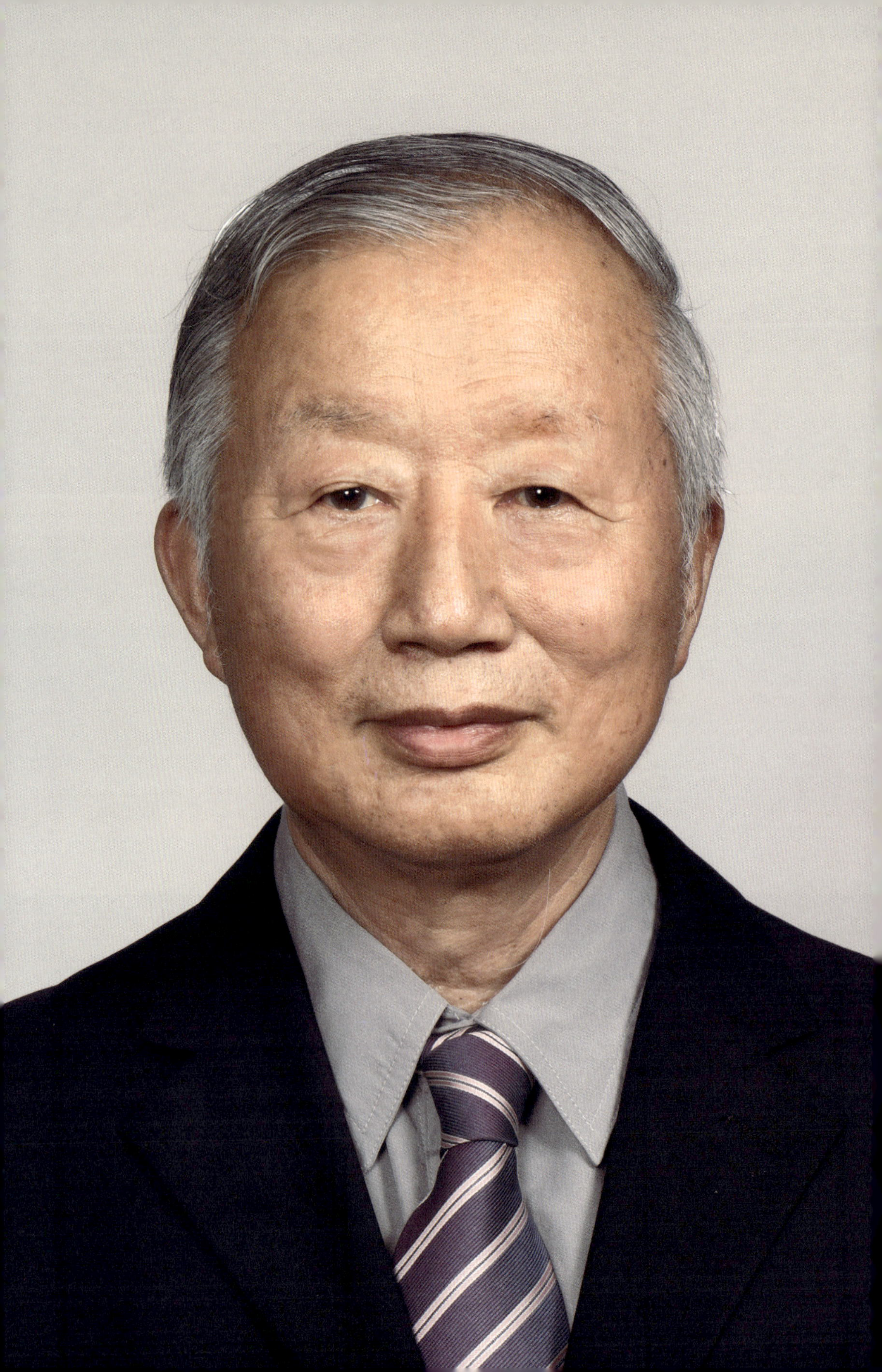

# 专业兴趣是可以后天培养的

——李曙光院士

▶ 院士的大学时代——大地之子

中国科学技术大学、北京航空学院（今北京航空航天大学）、西北工业大学航空系、哈尔滨工业大学航空系、南京航空学院（今南京航空航天大学）……这是1960年高考报名时，19岁的李曙光郑重写下的大学志愿表。

一张薄薄的纸上，承载着他憧憬了近6年的航空梦。

当李曙光接到中国科学技术大学录取通知书，信心满满赴京报到，期望能进入钱学森当系主任的力学系学习空气动力学时，却不知造化弄人，在报到处得知自己被分配到地球化学及微量元素系，"长大做飞机设计师"的梦想随之化为泡影。

李曙光一度彻夜难眠。彼时的他做梦都想不到，凭借后天培养起来的兴趣，可以在此前从未接触过的地球化学领域一干就是60多年。他更没有想到，那个阴差阳错录入未知专业的大一新生，日后成长为在国际地球化学领域做出"重要成果"的中国科学院院士。

回首这段颇具反差的人生蝶变，如今82岁的李曙光院士感慨道，兴趣不只依靠先天形成，也可以通过后天的学习和钻研培养出来，关键在于不断寻找其中的"成就感"。

## 年少的花，迟开也鲜艳

　　1941年，李曙光出生于陕西咸阳的一个普通职员家庭。抗日战争胜利后，举家迁往天津。

　　交通不便的年代，一家五口绕行千里借道上海，乘坐轮船去天津。为了节省路费，他们买来最便宜的统舱船票，窝在甲板下方的统舱里打地铺休息。

　　船舱密闭拥挤，还有不少人晕船、呕吐。逼仄的空间、昏暗的灯光、难闻的气味、连续几天的颠簸，构成了李曙光年幼时最深的记忆。

　　1952年以前，天津公立小学少，私立小学教育参差不齐，少数质量好的学校学费不菲。因家里经济条件限制，李曙光只能入读学费较低，但条件很差的私立小学。尽管如此，学费还年年涨价。

　　为了寻找学费更低的学校，短短三年时间，他先后换了3所私立小学。

　　小时候，李曙光是个"害怕考试"的孩子。甲、乙、丙、丁四个等级，他每次考试成绩基本上都是丙。母亲曾说他："和同龄人相比，脑瓜子不行。"

　　甚至在语文课上，李曙光时常背不出课文，也因此常"挨板子"。

　　1952年，天津的私立小学都改为公立。公立学校不仅学费低，教学质量也明显提高。正是在那段时间，一次意外让李曙光"茅塞顿开"，迎来了差等生的"逆袭"时刻。

　　四年级时，李曙光和小伙伴们玩摔跤，不慎手臂骨折，不得

已休学了半年。重返学校后,他突然"开窍"了——课业变得容易起来,成绩一跃进入班级前三,还顺利成为少先队员。

"逆袭"并非偶然,而是持续贯穿了李曙光在天津第十七中学的6年时光。

在"教育与生产劳动相结合"的年代,李曙光在缝纫机厂当过铸工,在建筑工地搬过砖、搅过水泥,也去劝业场卖过货,到公安局搞过侦查,还参加治理海河,挖沟、挖河,修建市内排污水的下水道和郊区分流洪水的河道……艰苦的劳动生活,让少年时期的李曙光体会到社会百业的不易,也塑造了他艰苦朴素、吃苦耐劳的品格。

然而,无论是白天承担学生会工作,还是晚上参加"大炼钢铁",李曙光的学习成绩始终没有落下。有时连老师都纳闷:"李曙光那么忙碌,为什么还能年年拿第一?"

其实,少年蜕变的背后早有伏笔。

李曙光爱看小说,上小学时经常溜到家附近的新华书店,捧起小说细细品读,直到天黑才回家。到了中学,他又成了学校图书馆的常客。

除"四大名著"外,他还读完了《铁道游击队》《林海雪原》《钢铁是怎样炼成的》等书。其中,保尔面对困顿仍坚韧不拔的故事,给李曙光带来很大的触动,他把那句经典名言——"当你回首往事的时候,不会因为虚度年华而悔恨,也不会因为碌碌无为而羞愧"当作自己的座右铭。

初二时，李曙光有一次将未读完的小说带回家中，夜里翻阅时深陷其中无法自拔，不知不觉已是凌晨三点。第二天上课，李曙光昏昏欲睡，完全听不进去课。他马上意识到：必须自我控制，改掉爱看小说的"毛病"。

从此，他给自己立下规矩：上学期间不借小说。无论什么样的小说，只能等放假再看。"不管什么事情，影响到学习我就不干"。

自律之外，李曙光还"始终坚持独立思考"。

在整个中学和大学阶段，做作业不论遇到多难的题目，他都要坚持独立作答，从不轻易问别人。在他看来，如果遇到问题就去请教他人，分析问题的能力便得不到锻炼。"做作业不仅是巩固课堂知识，更重要的是锻炼人的科学思维能力"。

回望起这段经历，李曙光曾这样写道："春天山花烂漫时，我在水中眠；夏日才露尖尖角，迟开也鲜艳。"他常常用自己的经历鼓励年轻人："人生是一场马拉松，起跑快慢并不重要，重要的是坚持不懈。"

## 兴趣是可以后天培养的

在中科大的校史馆里，一张陈旧的高考成绩单留下了李曙光的成长印记：物理100分（满分），数学92分。

穿越半个多世纪，当耄耋之年的李曙光看到那页泛黄的成绩单时，才得知自己当年的高考成绩。

1960年，按照国家政策，考生的高考分数不予公布。李曙光估摸着自己平时的学习成绩不错，总能被心仪的航空专业录取，满心欢喜地填报自己心仪的志愿。

李曙光对航空的兴趣源自中学时期。课余时间，李曙光加入了天津少年之家组织的"航模小组"，近5年玩航模的经历，让他学到了不少航空知识，也由此萌生了对航空事业的浓厚兴趣。高中毕业后，他下定决心要当一名飞机设计师。

为自己设计好人生道路的李曙光，决定第一志愿报考北京航空学院。后来从中学校长那里得知，刚回国不久的钱学森先生，受邀出任中科大力学系系主任。钱学森是空气动力学领域的权威，校长建议成绩优秀的李曙光报考中科大。

李曙光心想，既然要学航空，就要到"最好的地方"去，于是毫不犹豫地将第一志愿改为中科大。

恰逢当年中科大在天津招生时，要求只填学校不填专业，去哪个专业一律服从分配。李曙光想让招生工作人员知晓自己的报考意愿，索性在中科大后面填了清一色的航空院校和专业。

然而，当他兴高采烈地迈进中科大的校门时，却被告知到地球化学与微量元素系的地球化学专业报到。

"我的心一下就凉了，"在大学的第一个晚上，李曙光彻夜未眠，"中学六年想的就是航空。现在可好，上天不成，反而入地了。"

多年来的梦想瞬间破灭，这对李曙光而言无疑是巨大打击。不过，他并没向学校提交转专业申请，而是努力做自己的思想工作，"要服从组织安排"。

高中时，品学兼优的李曙光加入了中国共产党。他意识到，一名预备党员应该义不容辞地以集体利益为先，服从安排。中科大设置了地球化学这样一个交叉学科，说明这也是国家的需要，

"我们没有理由因为个人喜好而讨价还价"。

李曙光还从另一个角度思考自己为什么喜欢航空专业？李曙光终于彻悟：自己热爱航空，只是因为早年加入了航模小组，对飞机有一定的了解。既然如此，对地球化学的兴趣，也一定可以通过后天的学习，逐渐培养出来。

那时，地化系有个名为"滴水"的墙报栏目。同学们曾在墙报上讨论过一个问题——"地球化学到底是不是科学？"当时有不少学生认为，地球化学领域很多都是描述性的知识，不像物理学那样定量化，认为不算科学。但也有一些文章提到，地球很复杂，地质历史演变进程极为漫长，难以建立简单的数学模型。

李曙光接受后者的观点，他暗地里想，彼时包括北京大学、南京大学、北京地质学院等在内的高校都设立了传统的地质学科，而中科大设立的地球化学是地质学和化学交叉的学科，就是要培养数理基础好的一批人去发展地质学，使其走向更定量的学科。有人认为地球科学没有实现定量化，那我们这代人能不能让它走向定量化？

后来学习化学方向必修课《物理化学》的时候，几乎每学到一个定理，李曙光就会思考这些原理如何与地质化学结合起来。他还把这些零星的想法记录在一个专门的笔记本上，不时翻看思索。

回首这段经历，尽管当时的许多想法并不成熟，但正是这些主动思考，无形之中培养了他对地球化学的兴趣，也为日后在该领域取得的系列成就打下基础。

"文化大革命"后，国民经济亟待恢复重建。在国家计委牵头下，一场声势浩大的"全国铁矿科研会战"拉开帷幕。

中国科学院组织了"鞍山—本溪铁矿科研队"，下设"弓长岭磁铁富矿科研组"，李曙光被任命为组长。

刚到弓长岭铁矿，科研组就了解到矿山遇到的扩大富矿规模的难题：当地专家介绍，弓长岭富矿都集中在矿区的中央区，东南区勘探到地下500米都是氧化贫矿，更深处究竟有没有富矿？谁也说不准。

李曙光接受"弓长岭磁铁富矿的成因，找矿标志和成矿预测"这一科研项目时就思考如何利用自己数理基础较好的背景做出有特色的工作，面对该矿山面临的东南区深部是否存在富矿的难题，想到自己曾花费大量时间自学过线性代数、多元统计等数理类课程，能否用多元统计的方法，对整个矿区的富矿体空间演化规律进行趋势面分析？

于是，他带着4名学生对该矿区所有铁矿石数据进行系统的收集、整理和统计，建立起弓长岭富铁矿体空间展布趋势的数学模型，并提出东南区25勘探线、海拔-500米处可能存在富矿体的预测意见。

果不其然，指挥部调来千米钻进行钻探验证，在李曙光预测的位置上，一下子打出13米厚的富矿层。

此外，他还从地质化学角度研究矿床成因，提出弓长岭富铁矿成因的新模型。1982年，他主持的科研项目"弓长岭磁铁富矿的成因，找矿标志和成矿预测"获得中国科学院科技进步二等奖。李曙光深刻认识到，自己所学可以为国家作出贡献，这更加深了他对地质化学的兴趣，坚定攀登科学高峰的决心。

## 从不"开夜车"的科大学霸

新中国成立初期,国力薄弱,百废待兴,国家对科技领域高层次人才的需求日益突出。1958年,在培育"新兴、边缘、交叉学科尖端科技人才"的背景下,中科大应运而生。

当时有句广为流传的俗语——"穷北大,富清华,不要命的上科大"。这正是中科大艰苦朴素、学风严谨的真实写照。

李曙光印象里,走在校园随处可见身穿补丁衣服的同学。秋季入学时,几位从南方来的同学还打着赤脚;正值冬天,数学系一位女生的棉袄罩衣竟然叠满了块状补丁……

与之相比,李曙光虽算不上家境贫寒,但父亲每月70多元的工资要养活三个孩子,家里还有患有肺结核的母亲,依然压力不小。李曙光入学时的衬衫一穿就是五年,毕业时,衬衫足足打了40多个补丁。那时,多数学生都有针线包,自己缝补衣服。

就这样,打补丁仿佛成为同学们之间约定俗成的"标志",大家不仅不歧视、不议论,还带动着其他家境更好的同学不搞特殊待遇、不穿精美的衣服,"一切和大家一样"。

同学们不比吃穿,一心埋头苦学。食堂排队打饭时,人手一本单词本;"五一""十一"天安门广场举行游行和联欢晚会时,天蒙蒙亮同学们便出发到达广场。等待时间,其他学校的方阵的学生都无所事事或打盹儿,而科大的同学们则带着书本静静地看书。

时任教务长李声簧专门讲道,中科大的教学方针是"重、紧、深"——科大的同学学习任务要比别的院校重;老师们要抓得紧;课程内容要足够有深度。

"我们不从经典的化学反应入手,而是直接从微观讲起。"化学老师许书谦毕业于北京大学,第一节课就如此说,不依赖教材,知识自成体系。两节课下来,书翻过好几十页,同学们听得"晕晕乎乎"。

系主任侯德封教授在开学给新生介绍地球化学时,就提出地化注重培养"一竿子到底"的科研工作能力,野外考察、实验室操作、理论分析面面俱到。

岩石课老师李秉伦发现学生显微镜薄片鉴定能力不够,专门利用暑假增设半个月实习课,同学们每天盯着显微镜练习,谁也不准回家。

繁重的学习压力下,很多同学经常"开夜车",深夜的教室灯火通明。甚至到了凌晨5点,一大早来教室"开早车"学习的同学还能碰上前一晚没离开的同学,大家戏称,"夜车"和"早车"快要接头了。

与众不同的是,李曙光的"独门秘籍"却是从不"开夜车"。

为保证上课时精力充沛,李曙光每天晚上10:30背起书包回宿舍,11点准时上床睡觉。那时每个宿舍都有一名睡觉最早的同学当"灯官",负责"掌控"关灯时间,李曙光宿舍晚11点关灯,大家按时休息。

不开夜车的前提是"胸有成竹"。李曙光在大一开学听课体会到大学讲课速度比中学快很多,听课思维往往跟不上后,就意识到要改进学习方法以适应大学的学习特点。为此每门课上课前,李曙光都会提前预习,将课本的主干知识基本弄明白,只留出弄不懂的难题;上课时集中精力听讲,针对性学习不懂的地方,争取把不懂的知识当堂弄明白;这样课后复习时,先在脑海里"过一遍电影",想一想课上讲的内容,然后就开始做作业,无须花大量时间复习讲课内容。这样一来，学习效率高了许多。

李曙光观察到，许多大学生在入学时差距不大，然而二年级后，逐渐会有一部分没能掌握大学学习方法的学生掉队。大学课程知识新、体量大、节奏快，盲目地"苦干""蛮干"往往适得其反。

以"开夜车"现象为例，许多学生上课时没听明白，课后要花大量时间消化讲课内容，再完成作业，如此学习效率低下，只好熬夜补习；频繁熬夜又导致第二天精力难以集中，听课效率低下，影响学习效果，长此以往便形成了恶性循环。

李曙光在中科大上学期间，经常有著名科学家讲治学体会。其中华罗庚讲的读书要做到"从薄读到厚，再从厚读到薄"对李曙光影响深刻。所谓书要"从薄读到厚"就是要博览群书，丰富自己的知识广度；而"从厚读到薄"就是要读懂并掌握书的精髓。为了达到"从厚读到薄"的境界，每年寒暑假，李曙光都要将一学期的主要课程从头复习一遍，并归纳和写出该课的要点提纲。这不仅使李曙光大学学习的知识很扎实，还锻炼了李曙光归纳、总结文献要点的能力。

此外，李曙光还要求自己做任何事都要全神贯注，让每一分钟过得有价值。

中学时期就当过团干部的李曙光，上了大学也没落下学生工作。当校学生会主席时，每天下午4:30—6:00是他固定的工作时间。文艺会演要筹备、体育部要开例会……校园里各类文体活动的"大事小情"，都成了李曙光学习之余放在心头的牵挂。

忙完工作后，李曙光6点到食堂吃饭，6:30到教室自习，直到10:30的4个小时，是他雷打不动的自习时间。同学们常看到李曙光在座位上"一动不动"，眼睛直盯着书本，很是投入。

中科大在北京期间，学校每年要举办元旦文艺会演，每逢"五一"和"十一"还要带节目参加天安门广场联欢晚会，师生们都很担心："同学们一贯苦学，能不能出得了节目？"

李曙光作为系学生会文体活动副主席，这个担子就落在他肩上。为了啃下这块"硬骨头"，李曙光不但要发现和动员学生文艺骨干，还要以身作则，亲自参演。

其时，一部名为《小刀会》的舞剧风靡一时，其中有一段描述士兵练习拉弓射箭的"弓舞"。李曙光想方设法请到校舞蹈队前队长负责教练"弓舞"，要动员有舞蹈基础的女生入伙，还在男生不够时咬牙顶上，组成了5男5女的舞蹈团队。

经过数月练习，"弓舞"在元旦会演上"一炮打红"，还被学校推荐到天安门广场参加演出。后来还成为系保留节目参加每年的学校演出任务。

当时高校中有一个普遍现象，不少学生干部因为忙于社会工作而耽误了自己的学习。但李曙光似乎是个"特例"。

大学期间，李曙光学习成绩基本稳居年级第一。1963年，他从年级80余名学生中脱颖而出，获评中科大首届"优秀生"，后来从指导员那里得知，全年级仅有一个推选名额，"把成绩算到小数点后两位，才决出胜负"。

有一年五四青年节，北京团市委专门邀请李曙光作为学生代表作报告，报告的题目就是"如何协调好学习和社会工作"。

李曙光坦言，就像练书法、打乒乓球等任何一项兴趣爱好一样，对待学习和工作，要产生兴趣，要从点点滴滴的"小进步"中获得成就感，可以是攻克了一道难题，也可以是学懂了一节课的知识，进而激励自己不断前进；二要有方法，要讲究效率，不盲目"开夜车"，该工作时就认真工作，到了学习时间则全心投入，关键在于找到适合自己的节奏，高效率地完成各项任务。

## 立志做一名"红色科学家"

"红专并进，理实交融"是中科大的校训，也是李曙光恪守一生的人生信条。

1965年大学毕业时，李曙光一心想着"到祖国最需要的地方去"，三个工作志愿分别填的是：青海、甘肃和云南。

不久后，指导员找来李曙光谈话："你有没有留校做教育的想法？"

"我没考虑过，我希望到生产第一线找矿。"

然而，组织上并没有遵循李曙光的意愿，而是安排他留校任教，是1965年地球化学专业近80名毕业生中唯一留校的一个。李曙光也逐渐领悟，无论到一线找矿，还是做教育、搞科研，都是为国家需求服务。校训"红专并进"的"红"核心是"为谁服务"的问题，"为个人服务还是为国家服务，这是一个考验"。

时隔40年，李曙光依然清晰记得初到美国时的震撼——公路上车水马龙，一派繁华景象。

而彼时的中国，一个人上下班想骑上"凤凰牌"自行车还需要凭票购买。

1983年，前往麻省理工学院地球与行星科学系公派访学的李曙光目睹两国发展水平的差距，深感自己肩负着"沉甸甸"的责任，"我们不能再耽误了，必须奋起直追"。

那时，国内工资水平很低，为了挣些外快，一些访问学者利用周末和假期做些兼职，李曙光却整天"泡"在实验室里，将全部精力倾注于科研，每周只抽出半天周末的时间，处理生活琐事。

一次，一个在麻省理工学院读博的校友给李曙光推荐了一份"赚外快"的活儿。原来，美国石油公司要把设备卖到中国，需要培训中国工人，需要把英文教材翻译成中文，只要肯干就可以获得一笔不菲的报酬。

"国家派我来公费进修，我的任务是学好同位素地球化学，不能分散精力。"李曙光直言谢绝。

两年零五个月后，李曙光坚定地回到祖国，把全部精力放在超高压变质岩年代学研究上。

1989年，依托在麻省理工学院访学时做出的研究成果，李曙光带领团队在国内顶尖期刊《中国科学》上发表了大别山榴辉岩的Sm-Nd同位素年龄。这在国际上率先证明了，中国东部大陆由华北和华南两大陆块在三叠纪早期碰撞形成。李曙光也因此成为大别山陆壳深俯冲研究中，发表同位素年龄的第一人。

从此，作为世界上规模最大的超高压变质带，大别山地区成为国际地质学界研究的热点，英、美、德、法、日等国的科学家纷纷到大别山开展研究。

大别山榴辉岩年代学领域激烈的国际竞争中，李曙光始终处于领先位置。2010年，其研究成果获得国家自然科学二等奖。他常和学生讲："天上不会掉馅饼，没有超过他人的投入，不可能获得超过他人的成果。"

回想起当年毅然回国的选择，李曙光充满自豪："当时有一种论调，中国要想发展到（美国）那样的程度，可能至少需要100年。然而今天，个人拥有小轿车，和路上车水马龙的景象在国内已经司空见惯。"

直到现在，但凡有学生申请出国深造，李曙光都积极支持，同时，也向每位学生"约法三章"，明确表示希望他们学成归国。

曾有学生经李曙光推荐后赴美访学，并被外国导师留下继续做博士后。李曙光得知后，支持这个学生在美国学习，并和他先后做了两次约定——完成学业后须回国作贡献，"这事儿咱们早就说好了，做人要讲信誉"。

后来，果然如先前约定的那样，这名学生学成归国，而今已成长为行业内颇具影响力的青年学者。

有学生这样评价李曙光："和李老师沟通，所有事情都可以放到桌面上来谈。他是一个'事无不可对人言'之人。"有时李曙光也会自嘲："我这个人有个缺点，向来喜欢直来直往，别人想说什么，一定要说得明明白白我才听得懂。如果和我讲'语言艺术'，就聊不明白。"

这个不讲"语言艺术"的科学家，平日里却爱好写诗。

早春时节忙于撰写项目申请书，抬头看到窗外春意盎然，他写道："万物复苏新春始，为谋新篇早备鞍。我欲觅春登山去，期待花红游故园"；古稀之年，科大校友相聚北京玉泉路旧址，李曙光有感而发："青春离别辞故园，白发重逢辨童颜。呼朋唤友缘分在，笑语欢声情谊绵"；李曙光曾这样幽默分享自己学诗的感悟："苦思丽字说美景，妙想奇句叙衷肠。咬文嚼字调平仄，怡情健脑保智商"……

生活和工作的点滴日常，都成为李曙光笔下流淌的诗意。

回望1958年，中科大为"两弹一星"而生，做"红色科学家"，为祖国做贡献，为人民服务，成为以李曙光为代表的第一代科大毕业生的价值取向。

近60年的科研生涯中，李曙光常跟学生讲，要做一个"又红又专"的人。科学无国界，科学研究中的每一次重大发现都应作为全人类共同的知识，公开发表，共同分享；但是，当"知识"转变为"生产力"时，不仅有了国界和专利，更事关一个国家和民族的发展。

李曙光认为，直到今天，"红专并进，理实交融"的说法，不仅没有过时，反而更具启发价值。

他解释道，过去一段时间，高等教育领域的倾向是"专"讲得多，"红"讲得少，重视"理"的训练，轻视"实"的训练。这里的"红"不同于一般的德育要求，它体现了鲜明的价值取向，核心是"为谁服务"的问题。

如今调到中国地质大学（北京）工作十余年，李曙光院士常给自己的博士生"算一笔账"——国家每培养一名大学生，都要付出数以十万计的成本，这是全社会共同努力的结果。学成之后，青年人自然不能只计较个人的得失，而应多想想"大多数人的利益"，回馈国家和社会。如果每天都能为别人想一想，少一些对自己的过度关注，现在诸如"摆烂""躺平""抑郁"等不少年轻人面临的共性问题，或许会迎刃而解。

（雷宇、张玉贤、张子航，2023年7月20日下午，北京，中国地质大学李曙光院士办公室）

# 采访手记

## 稳稳地成长，慢一点也无妨

▶ 院士的大学时代——大地之子

熟悉李曙光院士的人都知道，他患有腰椎间盘突出和椎管狭窄症，为了在缓解疼痛的同时不耽误工作，常年站在一个"增高"版的高桌前办公。近年来，他又被帕金森病所困扰。见面前，记者一度担心，这次采访能否顺利完成？

约定时间是下午4点，记者提前15分钟来到他的办公室门口，透过虚掩的门缝看到，李曙光院士已经站在了高桌旁敲击键盘，工作很是投入。

他说，自己一直都不是所谓的"天才"型选手，甚至许多时候还比别人"慢半拍"——小学时一度害怕考试，每次成绩几乎都是"丙"等；初二时沉迷小说，常常熬夜到凌晨，第二天完全没精力听课；高考后又与理想的航空专业失之交臂，曾失落到彻夜未眠……然而，面对这些大大小小的失意，李曙光似乎总能一次次完成"逆袭"，凭借持续的努力和恰当的方法，在大学期间探索出适合自己的道路，最终迎来科研人生的"高光时刻"。

采访持续了2个多小时，从中学到大学，从科研到人生，李曙光院士不限于既定的提纲，总希望向年轻人多说些什么。采访过程中，尽管他的右手控制不住地颤抖，但在记者心里，这是世界上最"稳"的一双手，历经风雨而越发顽强。这位82岁的院士用亲身经历告诉我们，人生需要稳稳地成长，有时候，慢一点也无妨。

李曙光院士 ◀

# 个人简介

　　李曙光，1941年生于陕西咸阳，地球化学家。2003年当选中国科学院院士。

　　1965年，他毕业于中国科学技术大学地球化学专业，并留校任教。1983—1986年，在美国麻省理工学院地球与行星科学系进修。曾先后多次赴德国马普化学研究所、香港大学做访问学者。

　　李曙光长期从事同位素年代学及同位素、痕量元素地球化学研究。最早发现超高压榴辉岩的多硅白云母含大量过剩氩，证明了超高压变质与退变质矿物之间存在Sr-Nd同位素不平衡，还首次精确测定了榴辉岩中金红石的U-Pb年龄。他最早通过测定大别山榴辉岩年龄获得华北与华南陆块在三叠纪碰撞的结论，首次测定出大别山超高压岩石的二次快速冷却曲线，并通过Pb同位素示踪揭示了超高压变质岩多岩板、多阶段的快速折返机制。系统研究了大别山碰撞后岩浆岩的地球化学特征，给出了鉴别加厚下地壳熔融的新的地球化学指标，建立了山根去根过程的两阶段模型。

2012年调入中国地质大学（北京）后，组建了同位素地球化学实验室，建立了Mg、Fe、Cu、Zn、Hf、Ca等非传统同位素分析方法，开展了Mg同位素示踪深部碳循环的地球化学研究，发现了板块俯冲变质，脱水过程不导致变玄武岩Mg同位素分馏，碳酸盐岩和硅酸岩可发生Mg–O同位素交换反应，和太平洋板块俯冲导致的深部碳循环造成中国东部上地幔大尺度Mg同位素异常。

# 一问一答

问：如何从小培养自控能力呢？

答：要明白自己的身份——就是学生，学习是第一位的事，别的都是业余爱好。要全面发展，但同时学习不受影响。我坚持最久的爱好就是航模，初二加入了天津少年之家航模组，为什么会坚持这么久呢？因为可以增长知识，了解飞行原理、飞机结构，等等。而且你要是想做的模型飞机飞得好，就要掌握基本的数理化知识，那么数理化的成绩就会好起来。

问：最近这几年，在整个教育科学领域里谈得比较多的话题就是"钱学森之问"，认为如今优秀的人才越来越少、越来越难出现，您对此有何看法？

答：我不太同意"现在优秀人才越来越少"的看法，好像只有西南联大才能出一批人才。那时在西南联大是出了一批比较杰出的科学家，这些科学家的贡献大部分是在美国留学期间做出的。如果按照这样来看，我们今天在国外做出贡献的人也不少。

其次就是名气，一些人被称作大师，是因为那时候的人才少，其中做得不错的人就能算得上是大师。这部分人中，一些可能本身并没有在科研上发现新东西，但是他们属于开创者。

今天的情况确实不一样了，但现今科技界的杰出人物也很多。我曾形容我们这一代是"过渡的一代"，"文革"期间我们耽误了十年，直到50多岁我们还是在追在赶，真正的目标是要做到世界一流。虽然我们这一代最好的年华已经过去了，但是我们可以培养人才、去过渡，我们去国外进修，再回来改进我们的教学。

# 延伸阅读

## 科大精神之我见
——从我的科研人生体验谈起

◎李曙光

作为第一代科大人，结合我的个人经历，谈谈"科大精神"引导我如何做人、如何培养兴趣、如何学习、如何做研究的。我的学术经历主要是：1954—1960年，天津市第十七中学，学生；1960—1965年，中国科学技术大学，地球化学专业，学生；1965年至现在，中国科学技术大学，教师；1983—1986年，美国麻省理工学院（MIT），访问学者；1993年，评聘为教授；1994—2003年，先后共5次赴德国马普化学所和港大访问及合作研究；2003年，当选为中国科学院院士；2005年，获何梁何利科技进步奖。

我感觉，科大校训"红专并进"，对我一生有重要影响。首先要学会做人，同时又要学会做事。这种要求是一贯的。温家宝去年在同济大学说，大学里出来的人，应该是关心世界和国家命运的人，而不是一个自私自利的人。这句话，是对大学教育的要求，也是我们科大提出的"红"的一个基本的体现。所谓"红"指德育方面的东西，包括：人生观、科学精神、职业道德。

## 01 做有理想，有事业追求的人

人生怎样过得"值"？如何实现自己的人生价值？不同人的看法是不太一样的。极端的就是"我活着只为自己"，那你就是孤家寡人，成就不了大事业。记得蒙牛集团的董事长牛根生曾经说过怎么分第一桶金的故事。他说，在开始创业的时候，实际上所有企业都差不多，分别在哪里呢？就是当你赚了第一笔钱的时候，如何分配的时候，这些差距就出来了。有的人就想，这个企业是我办的，资金是我的，因此大头是我的，百分之七八十他拿走。剩下百分之二三十给他的合作者员工。另外的企业家看到，企业能这样是大家共同努力的结果，他把大头拿来分给大家。最后，第一类企业家是越做人越少，最后企业就破产了。所以他后来说了一句话，一个不关心他人的人，就没有资格把别人的命运与自己捆到一起。另一种世界观是"人人为我，我为人人"，有这样的人生观，你的朋友就会遍天下。

人是有理性的，这是与一般动物的区别。理性表现在人能主动地认识世界，改造世界；人组成社会，有复杂的社会分工，相互依存、服务。要将自己的人生价值体现在对社会发展的贡献中。要关心你的学生、同事，关心社会，这样你也才可能得到别人的帮助和尊重。

"为社会主义祖国服务"。人是划分成民族的，生活在具体国家。个人的命运是与国家的命运联系在一起的。追求国家富强民族复兴是中国当代历史的主流。作为社会精英的高级知识分子，要有使命感，要承担自己的责任。

结合我自己来看，这种人生观，我基本上是在中学阶段就初步树立的。中学阶段，我基本树立了为人民服务、为社会主义事业奋斗终生的理想。

有两件事情，一个是在初二的时候，当时我们学校要推荐一个人到北戴河参加全国少先队夏令营，对一个十几岁的少先队员来说，这是非常高的荣誉，当时校团委领导叫我去，我说为什么叫我去？他说你是"全优生"，当时我就想，在我们年级还有另外一个学生，学习成绩很好，各方面都不错。我说我是团支部书记，他是一般团员，我说我不去，我让给他去，我要去的话别人会说，你们团委就是向着干部。他说你想好了？我说想好了，后来就换他去了。但是我内心感到非常愉快，别人看到你的行为符合一个共青团员的行为标准。

还有一个事情是我高中毕业，当时选派留苏预备生，全校选两个，我是一个，还有另一个学生。我们都是理科的。校领导找我们谈话，说你们两个人只能一个学理，一个去学文，有一个必须改行。开始我们两个都不说话,因为大家从本性上都喜欢理不喜欢文,而且自己在高中阶段确实下功夫的也都是理科。但是后来我就主动说,这样吧我们两个都学理,谁改也麻烦,我改学文。后来到临考前一个星期,因为和苏联关系不好,文科留学生不派了,我还要参加国内高考。所以领导又找我谈,说你看怎么办?那我说我还是喜欢理啊,我改文是因为当时必须有一个人要改,那我现在还学理吧。当时只剩下一个星期了,我是一天看一门,物理三大本一天就看完了,重新复习理科一周就去高考了。好在平常打的底子好,最后考得还可以。所以在那个时候我群众关系、老师印象都很好。这里你怎么做人,确实很重要。

高中毕业的时候,学校推荐我加入中国共产党,所以做什么事情不能光考虑个人,要考虑他人。这样的人生观在我今后的事业中起了很大的作用。人生不是一帆风顺的,总是起起伏伏,会遇到各种困难,在起伏失意的时候,遇到挫折的时候,怎么面对它的时候,我发现这个人生观起了很大作用。

20世纪80年代初,我们这批已到中年的知识分子赶上好时候,被大批送到国外进修。当时改革开放不久,出国受到的冲击之大和现代人出国不一样。我是1983年去美国麻省理工学院(MIT)访问。当时我们国家还很穷,飞机在纽约上空飞过的时候,看到高速公路上汽车跟蚂蚁一样,给人视觉上非常大的冲击,从来没见过这么多的汽车。但是到今天,我们到北京看到的也是这样。当时的感觉就是中国和美国的差距太大了。面对这种情况,不同的人在这个时候做出不同的选择。确实有一些出国的人,羡慕这里的富庶,想方设法留在美国不回去了。但是在我的思想里头,第一个反应是中国确确实实再也不能耽误了,必须奋起直追,国家派我们来学习,我们要不负所望。那时候想到的就是这些,所以根本没有想过公费出国后就在那里留下来。我还遇到一件事情，到了那儿不久，一个在麻省理工学院读博的师弟说，"李曙光，现在有一个事儿，能赚外快，你干不干？"原来美国石油公司要卖设备给中国，需要培训中国的工人，要把英文教材翻译成中文，只要肯干的话就可以得到一笔钱。当时我就说我不接受，我说我拿公费来进修的，我的任务是学习同位素地球化学，我就两年时间，我要学好，不想分散我的精力去做这件事情。

在麻省理工学院访问2年5个月以后我就回国了。这样回国的人在我们那一代是大多数。再比如说当教师都会遇到职称晋升、出国机会、科研经费分配等涉及个人利益的问题。说实在的，我的职称晋升，在我们这一届里头是靠后的，我是1993年10月才被评为教授。我1983年出国，也是前边的师兄都出去了，我们教研室主任问我你报不报出国？你前边全都走完了，你再不报人家该说你英语不行啦，我这才报名。在参加大项目科研上，大家也都希望多分一些经费，但我经常遇到经费分配较少的情况。遇到这些与个人期望有距离的情况时我怎么想呢，我是这样开导自己，"我搞科研不是为这点经费干的，我教书也不是为了职称干的，我是为了科学事业，为了给国家培养人才"。你想通了大道理，自然就不会在这方面去斤斤计较，仍然认真做好本职工作。后来，大家对我的印象是，李曙光是干活的人，你甭管给他多少钱，他都会实打实地做事。

到大学以后，人生目标就具体化了，要当个科学家。但是当科学家也有一个价值取向问题。它既体现在职业素养上，又体现在行事方式上。比如说，你把科学研究视为自己一生事业的追求、对真理的追求，还是仅仅把它当作一种谋生手段？这就是一个价值取向问题。在科研当中你是否能够诚实地、实事求是地工作，来对待你的数据，来发表你的东西？做研究是追求项目经费，盲目揽项目；还是追求真理，扎扎实实解决1—2个问题？在和同行合作的过程中,能不能顾全大局,团结同志,能不能允许别人提出一些不同意见来?发表文章,究竟是为了凑数还是真正做出高质量的东西?这些东西都是职业精神的体现,都是很具体的。但这些问题说到根本上,还是你做科研究竟是将探求真理放在第一位考虑,还是仅仅将它作为一种谋生手段。所以我们科大的学生,将来要做一个对社会有用的科学家,要首先树立正确的价值取向和人生观,并体现在日常的生活和工作中。

## 02 科学的兴趣是可以培养的

做科学研究必须有探索真理的浓厚兴趣和强烈的创新欲望。兴趣不是天生的,是后天培养的。我中学玩过5年航模,从初二开始,我就一直在天津少年之家航模组,当时的志愿就是我毕业以后要从事航空事业,我要考北航,将来做一个飞机设计师。所以我大学填志愿的时候第一志愿是北航。后来我们校长找我,他说你成绩不错为什么不考科大,科大新成立的,是科学院办的学校,很好的,你应该报科大。我说我的志愿是航空。他说科大有力学系啊,钱学森是系主任,你到那里照样可以学航空。我一听钱学森在那里当系主任,就报科大了。可是那时候科大在天津招生不报志愿,只填校名,专业一律服从分配。我为了让招生人员理解我的兴趣是航空,我第二志愿就是北航,第三志愿是西北大学航空系,第四志愿是哈尔滨工大航空系,第五志愿是南京航空学院,我就是想让招生人员看到我这个志愿表就应当清楚我的兴趣在哪儿了。结果到学校一报到,告诉我你是地球化学,我一下就傻了。我想完了,中学五年的理想落空了,我现在上天不成反入地了,当晚我一夜没睡。其实这个思想波动也就是一天的时间,到第二天我就想明白了，既然科大设立了地球化学专业，那么地球化学也是国家需要的，不能人人都去搞航空。而且我喜欢航空不就是因为参加了航模组嘛，不就是因为玩了五年航模嘛。地球化学我不了解，我也可以努力去了解它从而培养兴趣。这么想就想通了。后来五年大学学习当中，我就努力去学有关地学的课程。

当时我们地化系有个墙报，叫"滴水杂志"，曾经讨论一个问题，地球化学科学不科学？有不少人说地球化学很多都是描述性的东西，没有定量化，不科学化。也有一些文章谈到，地球科学很复杂，你认为它不定量化不科学化，那么我们这代人应该问问自己，你能不能让它今后走向定量化呢？这是你的责任。我想这个有道理，后来我学物理化学的时候，几乎每学一个定理，我就想怎么用到我的地球化学上，把这些原始的想法都记下来，当然后来看这些想法很多都是很幼稚的，不过当时确实在努力培养自己的兴趣。

真正产生兴趣的是什么呢？兴趣产生的条件是两条：（1）了解它，了解研究的意义；了解未知领域在哪里；（2）有成就感，通过深入了解，培养了自己在该领域解决问题的能力，知道自己在该领域能有所作为，这时你的兴趣就来了，就有了跃跃欲试的感觉。我后来在大学的时候碰到一个力学系的同学，他说你们地球化学好，你们的未知领域多，许多东西大家说不清道不明，正是因为这样才有学问可做。他说我们空气动力学，都搞绝了，非常完善了，想在里头有点发展难上加难。我想他讲得也有道理。

我真正产生浓烈兴趣是我第一次做研究，那是在1976年，"文革"刚结束，科研项目是全国铁矿科研会战。我当时参加了中国科学院鞍本科研队，负责弓长岭富磁铁矿床的成因、找矿标志和成矿预测研究，我任课题组长。我把学到的多元统计方法应用到描述该矿的富矿体向东南区深部延伸趋势，做了定量的趋势面分析，提出了在东南区深部富铁矿体存在的具体部位的预测。该预测被冶金部采纳，安排了钻探验证，第一钻打下去，就打出13米厚的富铁矿。后来以这个成果为核心，获得了1978年全国科学大会奖。通过这项研究，我就感觉我确确实实能在地球化学方面做些有意义的工作，兴趣一下子就来了。所以，对所从事的工作要在实践中去了解它，不断地去钻研，当你做出成绩的时候，就会发现你已对它产生了兴趣。在中学里可能对某个东西感兴趣，但是不要把这个想象成这就是你的一生，后面接触的东西会更多。此外，社会也在选择我们自己。所以，常说的"干一行，要爱一行"这句话是有道理的，你好好了解它，就可以产生兴趣。

## 03 善于学习，终生学习

我在科大上学的时候，天天晚上10:30背书包回宿舍，11:00准时躺在床上睡觉。我们那时候每个宿舍都选了一个灯官，他有权决定关灯，这个灯官一般都是喜欢早睡的人，我们宿舍是11:00准时关灯。我不"开夜车"是为了保证第二天有充沛精力。为此，每门课我都提前预习，基本上都弄明白了，那些不明白的问题，上课的时候我就会认真听，争取当场弄明白。课后复习的时候我基本上是"过过电影"，就开始做作业，效率很高。我的社会工作还特别多，我在当校学生会主席时，下午4:30以后是我的工作时间。有一次五四青年节的时候，北京团市委举行报告会，要我做报告，给我出的题目就是：如何协调好社会工作和学习？因为当时在学生干部中，一个普遍的现象就是因为社会工作而影响学习。我学习成绩还可以，因此1963年的时候，我被科大评为第一届优秀生。当时一个年级80人才选出一个优秀生。指导员告诉我说评优秀生是把成绩平均计算到小数点后第二位才决出胜负的。我晚上6点钟到食堂吃饭，吃完饭6：30回到教室，一直到10：30，4个小时，我坐在那儿一动不动，全身心投入学习。那时，我要求我每一分钟都过得值。如此紧张的学习和工作需要好的身体做保障，因此，每天早晨我都积极锻炼身体。

科大校训有"理实交融"的要求，因此，还要勤于在实践中学习。侯德封系主任要求科大培养的学生，具有从野外、实验室、理论分析，能一竿子到底进行科研工作的能力。我们那时候五年制，一共四次野外实习，每次一个月，加上一次毕业论文研究。此外，很重视实验课教学，如岩石课程学完后，李秉伦老师说你们的显微镜薄片鉴定能力不行，放暑假的时候，给我们增加了半个月的显微镜鉴定实习课，谁也不许回家，补半个月的课，这半个月天天看显微镜。我们的地化专业除了学习分析化学课外，还专门开了个实战性很强的"硅酸盐岩石全分析"实验课，这个实验课要做13项分析，每周一次，要做一个学期。所以当时科大很重视实验教学。

科大地球化学专业学生数理基础好，但野外地质训练较地质院校学生差，因此，我毕业后也特别注意弥补野外工作经验方面与地质专业人员的差距。在研究工作中坚持亲自到野外考察，虚心向野外地质能力强的同行学习，坚持亲自做室内实验。这样做的好处是能正确地确定研究方向，及时发现问题，了解实验细节，保证数据的可靠性。

## 04 如何做科学研究

最后，结合我自己的工作谈谈做科学研究的体会。我做工作花的时间最多，可能也是被大家最认可的，就是大别山超高压变质岩的同位素年代学研究。我先做个背景介绍。

20世纪80年代中期以来,大陆动力学一项最重要的发现就是在造山带地壳岩石中发现了只有在超高压条件下才能形成的柯石英或金刚石,这一发现证明当大陆碰撞时,一侧大陆地壳可俯冲到100—200公里深。1989年我报道大别山第一个榴辉岩(一种超高压变质岩)Sm-Nd年龄时,在大别山榴辉岩中也发现了柯石英。从此,大别山超高压变质岩成为国际研究热点。这里面有两个重要的科学问题:首先,中国的大陆是华北和华南两个陆块碰撞形成的,它是什么时候碰撞的?其次,超高压变质岩是如何从>100km的深度快速折返的?

针对这些问题我有3篇代表性的论文,第一篇是用Sm-Nd法测定了华北和华南陆块碰撞的碰撞时代,发表在 *Chemical Geology 1993*,已被SCI引用244次。第二篇是同时应用Sm-Nd、Rb-Sr和 $^{40}Ar/^{39}Ar$ 法定年证明了超高压榴辉岩多硅白云母含大量过剩Ar,从而解决了 $^{40}Ar/^{39}Ar$ 年龄与其他方法定年结果矛盾的问题,发表在 *Chemical Geology 1994*,已被SCI引用138次。第三篇是报道了大别山双河超高压变质岩及其围岩的Sm-Nd和Rb-Sr年代学及冷却史,发现它们经历了两次快速抬升和冷却,发表在 Geoch. Cosmoch. Acta, 2000,已被SCI引用118次。这3篇论文的SCI引用在2007年初已达500次。所以做工作不在论文多,在于每篇都要有新意,别人读后有启发。

我以这3篇代表论文为例来谈一下我做科研的体会。大家知道,选题是成功的一半。我是第一个做这个大别山超高压变质岩年代学研究的。当我1989年发表第一篇榴辉岩年代学论文的时候,恰好大别山榴辉岩中也发现了柯石英,引起了全世界的注意,于是我就一下子抓住了这个重要研究方向,走在前头了。

▶ 院士的大学时代——大地之子

那么为何选择这个题目呢？其实我选择做大别山研究也带有偶然性，而且开始做时也是有心栽花花不开，无心插柳柳成荫。出国前我并没有想做大别山研究，我1983年到MIT的时候，准备的样品全是东北太古代绿岩带的，主要想研究地球早期太古代地幔组成。我的一个华人地球化学家朋友（孙贤鉥）建议我，说你除了做绿岩带以外，秦岭是中国南北一个重要的地质界限，做这个带对理解中国地质很有意义，建议我关注一下这个问题。我想大别山和秦岭是同一个造山带，又在我家门口，既然搞秦岭，何不将大别山一起搞。这样我就在出国前对秦岭和大别山一起进行了野外考察。开始我并不知道大别山有榴辉岩，我只是想采一些超镁铁岩样品研究地幔，在做大别山文献调研时才了解到大别山绕拔寨超镁铁岩体中有榴辉岩块，对它的地质意义也不很清楚，只是觉得榴辉岩比橄榄岩好做同位素定年，又考虑到采样的代表性，就采了一块。就是这一块榴辉岩样品使我在美国MIT访问时获得了大别山第一个榴辉岩Sm-Nd年龄。做出这个年龄后，我才全面调研榴辉岩的地质意义，才知道了榴辉岩是一种大陆碰撞发生高压变质的产物，它的年龄可以指示大陆碰撞时代。1986年回国后，有幸与中科院地质所及华裔著名地质学家许靖华一起在大别山跑野外，我报告了我在美国测得的绕拔寨榴辉岩Sm-Nd年龄是244百万年。许靖华当即指出这个年龄非常重要，阿尔卑斯山的碰撞时代就是通过榴辉岩定年确定下来的。这大大坚定了我回国后选择系统研究大别山榴辉岩的年代学作为我的主要研究方向。1987年我获得的第一个国家自然科学基金就是"应用Sm-Nd同位素定年方法测定华北华南陆块的碰撞时代"。

因此，对于科研选题我的体会是好的选题是在科研实践中摸索到的，开始不能眼高手低，要在实践中不断提高。另外，选题要抓有重要意义的问题，占领前沿制高点。孙贤鉥建议我抓秦岭就引导我把工作放在中国地质的重要构造带。孙贤鉥能提出这样的建议与他的科研鉴赏力有关。因此，提高科研品位和科学鉴赏力很重要。如果看论文经常看国内的低档杂志发表的论文，眼界高不了，如果你看的都是国际高水平论文，那你的眼界就高。因此要多看高水平文献，听高水平报告，参与高水平讨论，我正是在参与中科院地质所和许靖华的联合地质考察时进一步掂出榴辉岩定年研究的分量。我也是在与地质所岩石学家从柏林交往中较早了解到西阿尔卑斯和挪威发现柯石英的信息，后来1989年在大别山榴辉岩中发现了柯石英使我进一步理解了做大别山超高压变质岩年代学研究的重要意义。

第二，做科研成果要经得起检验。这里关键是做事要认真，一丝不苟。1993年发表在 Chem. Geol. 的相关论文是国际上第一篇系统报道大别山苏鲁超高压变质岩 Sm-Nd 年龄的文章。该文献被 SCI 引用244次，成为该研究领域的经典论文。然而，该文发表后国内很多人也开始做大别山苏鲁榴辉岩定年，做出的年龄是五花八门，争论不休，长达十年。但是所有国外学者做得都跟我一样，最终证明我的年龄是正确的。我的定年结果经得起考验，关键在什么地方呢？没有绝招，就是在选矿的时候，被测矿物颗粒不能有任何微小蚀变，要在显微镜下严格挑选。我出国进修的最大收获之一是了解到应如何认真、严格地去做科学研究。正是这一点导致我以后科研工作的成功。

第三，要肯于付出，做艰苦细致的工作。刚才说的被测定矿物样品必须新鲜、无蚀变的道理，其实人人都懂，为什么还有人未在显微镜下对样品进行严格挑选就对样品进行测定呢？因为显微镜下挑矿物太枯燥、太艰苦了。所以说这是投入与产出关系：不付出超过常人的努力，就不可能获得超过常人的结果。再举几个其他的实例：我刚到MIT的时候，我的指导老师Hart教授和我讲，他非常欣赏他的一个美国博士生的工作，该生刚在 *Nature* 发表了文章，该文其实就发表了3个数据，是3个南非金刚石内含的石榴石包体的Sr-Nd同位素数据。众所周知金刚石是在岩石圈深部地幔形成的矿物，它内部包含的石榴石是与金刚石一起形成的，记录了深部地幔的同位素组成信息。由于这种矿物被金刚石包着，不会在被火山带到地表的过程中受到陆壳混染，因而其数据反映的地幔信息非常可信。然而，要从细小的金刚石中挑出足够分析量的更为细小的石榴石包体是非常细致和烦琐的工作。这个金刚石内含石榴石包体的Sr-Nd同位素测定的例子就说明，只有做出了艰苦的工作，获得的数据才是珍贵的。我还有一个研究生，他第一个做出了榴辉岩中金红石精确U-Pb定年，仅此一个年龄就在 *Chemical Geology 2003* 上发表了论文。为此，他在天津地质矿产研究所的同位素实验室里做了7个月实验，最后成功了。

第四，不要回避矛盾和争论，勇于面对挑战。这方面的例子就是白云母中过剩Ar被发现的故事（我的第二篇代表性论文）。我是怎么抓住这个课题做的呢？当时我是用Sm-Nd法做大别山苏鲁超高压带榴辉岩的变质年龄，做了很多样，都一致给出230百万年左右的年龄，但是国外部分科学家用$^{40}Ar/^{39}Ar$法却获得了老得多的年龄（400百万~1100百万年）。当我得知这些结果信息时，我坚信我的Sm-Nd年龄是正确的，并认为老的$^{40}Ar/^{39}Ar$年龄是榴辉岩矿物含过剩Ar所致。因此对这一分歧不太在意。孙贤鉥在与我通信时要我正视这一矛盾，如果如我所说是过剩Ar的问题，也要拿出证据来。于是我设计了一个实验，对同一样品用3种不同方法测定。多点的Sm-Nd和Rb-Sr等时线法测定结果一致，证明这多个高压变质矿物同位素达到平衡；而来自同一样品的多硅白云母 Ar-Ar 年龄异常高，证明多硅白云母含过剩 Ar。文章在 Chemical Geology 1994 发表后反响很好，我第一个用实验证明了榴辉岩多硅白云母中含过剩 Ar，因而不适合做超高压变质定年。这一工作不仅解决了大别苏鲁榴辉岩年龄的争论，也解决了阿尔卑斯山榴辉岩 Sm-Nd、U-Pb 年龄与 $^{40}Ar/^{39}Ar$ 年龄的争论，并在国际上掀起了研究多硅白云母过剩 Ar 的小高潮。这项工作我的体会就是，工作中不要回避矛盾，要正视矛盾，探索产生矛盾的原因，在此过程中就会有新发现，这就是创新的过程。

第五，咬定青山不放松，做深入研究。1994 年的时候，随着大别山苏鲁带超高压变质岩越来越多的 Sm-Nd。U-Pb 年龄的发表并已广泛被国际同行接受和多硅白云母过剩 Ar 的发现，我感到大陆碰撞时代问题已经解决，是否要换个研究方向。当时面临的问题就是同位素年代学向何处去？大别山的红旗还能打多久？当时未解决的热门科学问题是超高压变质岩的折返过程与机制。这里面的新挑战是用同位素年代学方法测定超高压变质岩石的温度时间（T-t）冷却曲线，该 T-t 冷却曲线可揭示折返过程。因为整个折返过程在 40 百万年期间就全部完成，该工作要求年龄误差 <5Ma 才能细致揭示折返过程。我决定啃这个"硬骨头"。我从 1994 年到 2000 年花了 6 年时间查明了在超高压变质和退变质过程中的 Sr-Nd 同位素行为，提高了年龄测定的准确度，测定了一系列具有不同封闭温度的同位素年龄，完成了这一工作，发表了第三篇代表性论文。

第六，最后一个体会是集中兵力打歼灭战。基础研究是国际竞争，只有第一，没有第二。在我们研究条件不占优势的条件下，要想在竞争中获胜，就必须在关键科学问题上，集中兵力打歼灭战。摆正争项目与搞研究的关系。研究项目不要贪多，项目过多必然分散精力，影响研究深入。集中兵力的关键是要懂得放弃。放弃一些项目经费，放弃一些贪多嚼不烂的过多目标。我过去20年来，一直把最主要的精力放在我关注的超高压变质年代学研究上来，钱能够维持研究工作就行，不揽过多的项目。搞科研不是为赚钱。说到底，这又涉及人生观、价值观的问题。

最后谈一下科学精神问题，就是要尊重事实，修正错误，用科学精神进行研究。科学研究是对自然界进行精确、完整的观察，并对观测资料给出合理的解释。前者是基础，是第一位的；后者，即"理论"或"模型"，仅是对观测资料的解释。观测资料丰富了导致对自然整体面貌的认识变了，"理论"或"模型"也要变。不要害怕实验、观测资料与已有理论或预想冲突。我在大别山俯冲陆壳与上地幔的相互作用研究中走过弯路，包括早期做的碰撞后镁铁质岩石定年和相互作用模型都出现过错误，后来自己主动纠正。所以人要清醒，人都可能犯错误，要有自省精神；自然是复杂的，要警惕少犯瞎子摸象的错误；任何理论、模型的正确性都是相对的，真理不可穷尽，不可故步自封。这也是人生态度问题。我们现在强调要创新，不是凭空想，而是在科学研究中老的观念如遇到新的事实和发现发生冲突的时候，你要突破原有理论框框，解决矛盾，使我们的认识和模型能更好地、全面地解释全部资料，这就是创新的过程。

我就讲到这儿。谢谢！

（来源：科大—历史文化网，2013年8月16日，有删减）

常年身处大学校园,王焰新熟知今天的青年学生常常面临许多"小郁闷"。回忆起自己的青年时代,他坦言,自己也曾遇到和如今年轻人一样的困惑与迷茫。他寄语当今大学生,首要任务应当是价值观和品行的塑造,养成热爱祖国、关怀人类的"大胸怀",就不会纠结眼前的"小郁闷"。

——王焰新

East European Craton
White
Geochemistry
地球化学
南岭地区目标斑图式区域成矿分带
中国地下水资源与环境
中国地质大学

# 拥有"大胸怀",就不会纠结"小郁闷"

大学阶段的首要任务是价值观和品行的塑造

◎ 王焰新院士

▶ 院士的大学时代——大地之子

"校长也是需要激励的,对我来说,最大的激励来自学生",在曾获国际水文地质学界多项权威大奖的中国科学院院士、中国地质大学(武汉)校长王焰新眼中,自己最珍视的却是这项"青年学生给予的荣誉"。

在他的办公室里,一个8年前的奖杯被摆在了书架的中心位置——这是2015年中国青年报社举办的"学生喜爱的大学校长"推选活动中,完全由在校大学生"一票一票投出来"的荣誉,当年全国仅48位大学校长获奖。

王焰新曾不止一次在公开场合表示,"无论当院士还是做校长,我首先是一名大学教师"。

走在校园,王焰新总会跟来往的学生打声招呼,也有学生主动停下来,跟校长聊聊学习生活近况;邮箱里的每一封邮件,王焰新总是亲自查看,有问必答,自己一时无法解决的,则尽快转交给相关职能部门,叮嘱落实到位;在校团委组织的一次调查中,他还被评为学生眼中"最儒雅""最萌"的校长……

常年身处大学校园,王焰新熟知今天的青年学生常常面临许多"小郁闷"。回忆起自己的青年时代,他坦言,自己也曾遇到和如今年轻人一样的困惑与迷茫。他寄语当今大学生,首要任务

118

王焰新院士 ◀

▲ 1984年南京大学地质学系年级学生干部和团干部集体合影，王焰新为第三排右一

应当是价值观和品行的塑造,养成热爱祖国、关怀人类的"大胸怀",就不会纠结眼前的"小郁闷"。

## 中学时喜好文学擅长外语,一度纠结学文还是学理

王焰新祖籍山西原平,父母均在地勘单位工作。由于父母需要随单位的勘探区域不断搬迁,1963年,王焰新出生在湖北宜昌,后来又随父母来到孝感,并在孝感读完中小学。

苏联文学是王焰新少年记忆中浓墨重彩的一笔,从托尔斯泰的《战争与和平》《安娜·卡列尼娜》,到陀思妥耶夫斯基的《罪与罚》《卡拉马佐夫兄弟》等,这些富有批判精神和社会关怀的文学作品,为他打开了一扇新世界的大门,也在无形中加深了他对文学的兴趣。

1978年,王焰新正在孝感二中(现孝昌一中)读高中。

当时,英语在高考总成绩中只算30分,由于分值低、占比小,学起来难度又大,不少同学选择直接放弃英语学习,转而"主攻"数学、物理、化学等分值较高的科目。

王焰新却"另辟蹊径",他在中学时期便萌生了"看看外面的世界"的想法。他敏锐地意识到,国家已经恢复了高考,而学好英语可以帮助自己走出国门,"至少能看懂国外的书籍和文献"。因此,王焰新不仅没有随大流放弃外语,反而更认真地学了起来。高考时,他的外语考了24分(满分30分),在孝感市名列前茅。

由于从小的文学积淀,王焰新对文科很感兴趣。甚至在高中

文理分流时，到底学理科还是学文科，一度成为困扰他许久的问题。

当时，社会上还流传着这样一种说法——"学好数理化，走遍天下都不怕"。经过一番思想斗争，王焰新最终选择了理科，但他也并没有放弃对文学的爱好。

1980年高考后填报志愿时，由于数理化成绩突出，王焰新一心想学物理专业，并在志愿表上写下：第一志愿上海交通大学、第二志愿北京师范大学、第三志愿天津大学……志愿表中一个地质专业都没报，也没出现"南京大学"的字样。

几个月后录取消息传来，得知自己被分配到南京大学地质学系，王焰新一时间想不通，周围人也不看好"冷门"的地质学专业。

那时，社会上的"时髦"专业是数学、物理、化学等理科类专业，人们普遍认为，地质学专业人员就要常年忍受风吹日晒和野外艰苦工作。父母虽然在地勘单位上班，但并非技术科班出身而是从事行政工作。王焰新对地质专业的印象也只停留在"四处奔波，是个非常艰苦的专业"。

中学时期全校、全市的"尖子生"，却被分配到"冷门"专业，这对王焰新来说是个不小的打击，但考虑到填报志愿时表态"服从分配"，他还是硬着头皮来到南京大学报到。

后来才知道，由于第一志愿上海交通大学的专业名额已满，恰好南京大学地质学专业在湖北考区空出一个招生名额，王焰新便被直接调档、分配过去了。那年，南京大学在全国录取的新生仅700余人，在湖北省录取的新生更是寥寥无几。

刚入学时，王焰新曾多次提出转专业申请，一方面是他仍对物理、化学等"热门"专业感兴趣,另一方面是因为他的高考分数不比这些专业同学的低。然而,他的转专业申请迟迟没有被批准。到了大二大三,随着专业学习的不断深入,王焰新却慢慢发现了地质专业的魅力,逐渐坚定了成为一名地质工作者的决心。

## 大学时期的扎实学习为科研人生写下注脚

南京大学的地质学系溯源于东南大学和中央大学时期的地学系,历史悠久,大师云集,先后走出30余位两院院士。1921年,竺可桢出任东南大学地学系系主任,创办了我国高校第一个地学系;王焰新入学时,著名矿床地质学家徐克勤担任南京大学地质学系系主任。

四十多年过去了,本科时期学过的《矿物学》《岩石学》《水文地质学基础》《地下水动力学》《水文地球化学》等专业基础和专业课程,依然让王焰新记忆犹新。

王焰新的本科毕业实习指导教师是地下水动力学领域的知名学者朱学愚教授,他不仅给本科生上课,还带领同学野外实习,手把手传授野外地质工作的实操技能。著名岩石学家孙鼐教授当时已是古稀之年,即使坐在讲台上,也要坚持为同学们讲完一个学期的课程,声音坚定有力。著名水文地质学家肖楠森教授因在缺水的草原牧区成功找到优质地下水源而被牧民尊称为"找水活佛",社会合作科研任务十分繁重,但仍亲自编写教材并为王焰新所在班级全程讲授《新构造分析及其在地下水勘察中的应用》,授课内容不仅理论和方法系统、先进,而且配以大量来自地下水找水实践一线的鲜活案例。此外，南京大学对数学、物理、化学等基础课程的重视程度和学科水平也给王焰新留下了深刻的印象。

当时，综合型大学《高等数学》课程根据专业性质和难度不同分为三档：第一档面向数学专业，难度最大；第二档面向物理专业，难度仅次于数学专业；第三档面向化学专业，难度较低。而王焰新所学的水文地质与工程地质专业《高等数学》课程难度等级与物理专业持平，仅次于数学系。

▲ 大学毕业登记照

《高等数学》由数学系老师讲授，《数学物理方程》则由物理系老师讲授。这些老师讲课水平高、难度大、基础扎实，让中学时一心想报数理类专业的王焰新收获了极大的满足感，由于学习成绩和综合表现突出，他两个年度被评为南京大学"三好学生"。他常常和身边的同学打趣道："虽然我没去成物理系，但学了和物理系一样的高等数学和数学物理方程，也算是圆梦了。"

专业学习之外，王焰新也没放弃对文学和外语的喜爱。南大图书馆藏书丰富，除了年少时期就读过的苏联文学，美国文学、法国文学也成为他课余时间的陪伴。其中，由居里夫人的女儿艾芙·居里撰写的《居里夫人传》对王焰新影响很大。

这本英文原版的《居里夫人传》，刚开始他只是将其作为学习英语的课外读物，可读得越深，越被书中的故事情节所吸引。书中，艾芙·居里对其母亲的刻画生动有趣，既有作为一名普通女性的喜怒哀乐，也有一位世界知名科学家独到的经历与思考，一个"活生生的人"全然呈现在面前。没过多久，王焰新便一口气读完了这本英文传记。

后来参加工作后，王焰新特意找来中文版，重读《居里夫人传》。他曾这样概括两次阅读此书的感悟："初读居里夫人，看到一位女科学家的人格魅力；重逢居里夫人，看到跨越时空的科学精神。"他认为，当下的科研工作者十分需要学习居里夫人对科学真理的不懈追求、平实简朴的生活作风和伟大的人性光辉，"如果居里夫人的精神在现在的科学家身上有一点点存留，国家都会面临光明的未来。"

大二那年，外语成绩突出的王焰新，还参加了全校理科英语竞赛，一举拿下亚军。

此外，他还选修俄语作为第二外语。俄语对初学者来说难度较大，再加上二外课程学分和成绩没有硬性要求，课程上到最后，空荡荡的教室里只剩下王焰新一人来上课，任课教师刘文星依然认真地教学，"一对一"纠正发音。"俄语课上，一个老师一个学生"的场景一时间成为校园趣谈。最后，王焰新的俄语课程考出95分的高分。

多年后回忆起这桩趣事，王焰新十分感念这段"高规格"的学习经历。王焰新的研究生导师沈照理先生具有留苏背景，常常鼓励学生大量阅读俄文和英文文献，而王焰新在本科时期练就的外语技能，仿佛在冥冥之中为此埋下伏笔。

王焰新院士 ◀

▲ 南京大学东南楼前留影，应该是大四（1984年）

凭借自己扎实的英语能力和数学基础，1984年王焰新参加研究生入学考试时，在所有报考武汉地质学院（今中国地质大学）的考生中，他的英语和数学（物理类考卷）成绩都是第一名。

考入武汉地质学院后，王焰新逐渐感觉到这个学校与南京大学的风格不太一样，"如果说南大的优势是基础雄厚，地大则是专业精深"。

於崇文先生、张本仁先生主讲的地球化学课程，沈照理先生、张人权先生、陈崇希先生讲授的水文地质课程，不仅让王焰新强化了地质专业的理论知识，还为他坚定水文地球化学的科研方向打下基础。

多年后回望，王焰新感慨道，自己从事的水文地质专业是一个典型的交叉学科，不仅要有地质科学知识，还要有水文科学、环境科学甚至是卫生健康领域的知识储备，且科研过程中对数学的要求非常高。自己在南大读书时打下了较为扎实的数理基础，后来考入武汉地质学院，又学习了不同专业领域地质学的课程，从基础的普通地质学，到带有学科交叉属性的地球化学、水文地质学……大学期间上过的每门课程，都为日后的科研人生写下注脚。

## 吃苦精神和批判思维，是当下尤为稀缺的宝贵品质

在中国地质大学（武汉），野外实习是每个地质专业新生的必修课。王焰新认为，野外实习除了锻炼专业技能，更重要的是创造条件让老师和学生在特定的时间内同吃同住，同甘共苦，平等

对话。一方面，老师通过言传身教告诉同学们，老师并不是高高在上的权威，师生关系是平等的，每位同学都可以与老师交流探讨；另一方面，现在的大学生需要培养吃苦耐劳的精神，这是当下年轻人尤为稀缺的品质。

1980年王焰新考入南京大学读书时，从学习、食宿到课余生活，大学校园里各方面的条件都十分有限。

那时，品学兼优且家庭困难的同学每月可以收到一笔助学金，最高金额是每月17块钱。王焰新凭着助学金和家人给的生活费，基本可以满足吃饭和购买日常生活用品的需求，但想买件衣服的话钱就不够花了。他身上的一件夹克，从高中期间一直穿到研究生阶段，足足穿了五六年。

更遗憾的是实验室资源的短缺，没有足够的科学仪器，许多课程只能依靠理论教学进行。但作为地质学专业的"看家本领"，野外实践一点都没放松过。

王焰新还记得大三时，在朱学愚老师的带领下，他和另一位同学住到安徽宿县的煤矿，开始了为期一个半月的抽水试验。

返校后，他带着从生产一线拿到的数据，用当时南大计算中心为数不多的几台卡片式计算机，尝试进行单机程序计算，用数字模拟的方式评价水源地的水质情况。放眼全国，用如此"先进"的方式处理地质数据，这在当时是屈指可数的。后来，这成为王焰新本科毕业论文的雏形，也是他第一次系统地完成一项水文地质领域的科研任务。

本科期间，王焰新是文学社的骨干成员。学校办的黑板报上，每隔一两期总能看到署名为"方月"的散文和随笔——"方月"是王焰新给自己取的笔名，化用自泰戈尔的诗集《新月集》

（*Crescent Moon*），意为"刚刚升起的月亮"。

由于黑板报办得有声有色，后来，王焰新连续担任地质系学生会的宣传部长和学习部长。巧合的是，来到武汉地质学院后，他又担任了同样的职务，先后成为研究生会的学习部长和外联部长，还把在南大读书时办墙报的经验延续下来，创办了武汉地质学院研究生会会刊《晨光》。

虽然条件有限，同学们的大学生活还是有不少趣事。当时，班上原本有19名学生，唯一的一名女生感到孤单、不便，便被调到了古生物专业。这样一来，剩下的18个同学全是男生，被大家戏称为"和尚班"。

王焰新身为团支部书记，经常组织班上的同学一起去春游，一大早坐上公共汽车，去马鞍山看长江，傍晚再返回南京。大家还一起到五台山体育馆集体听过歌剧。

王焰新观察到，南大学风严谨，学习氛围浓厚，考研率比很多高校高出不少，毕业时，地质学系有个班竟有70%的同学考取了研究生。

"当下虽然生活条件有了极大进步，但诸如网络、游戏等各种各样的诱惑也困扰着许多大学生。"常年从事高校教育和管理工作的王焰新也注意到这个问题，他说，"00后"经常存在焦虑、抑郁等心理问题，甚至有部分同学一遇到困难就"躺平"，一遇到挫折就"摆烂"。

"挫折教育太重要了，人生就是这样，不可能一帆风顺，要常常面对风高浪急，甚至是惊涛骇浪"，王焰新认为，"养成吃苦耐劳的精神，是一笔永不过时的人生财富"。

常有学生向王焰新请教，"现在的科研条件比过去更好了，为什么创新却更难了？"

王焰新认为，当前的教育体系中，很多情况下依然是"灌输式"的教育，认为书本上的知识永远是对的，对学生批判性思维的训练还远远不够。而科学精神的内核，恰恰在于敢于挑战权威，经过科学的判断后对现存事物进行否定。

他以自己在南大读书时上过的一门选修课《西方美术鉴赏》为例：老师在课堂上介绍，在印象派诞生以前，西方传统的美术风格以写实为主，而以莫奈为代表的印象派画家用独特的光影手法颠覆了古典美术的创作传统。

课后，王焰新想到，虽然这门课讲的是西方美术，但我们中国也有自己的国画体系。国画师用墨笔勾勒的意境之美，是以油画为中心的西方美术所不能比拟的。"凡事换一种视角，我不一定完全相信你，你的东西不一定是最好的"，这就是一种批判性思维。

这种独到的视角是如何产生的？王焰新认为，批判性思维不是凭空产生的，而是依赖于广博的知识背景。大学应该提供不同专业背景的课程，让学生接触不同的文化，学习不同领域的知识。学生拥有一定的知识储备后，才能在海量信息中比较、判断，"别人的理论是不是绝对正确的？""有没有更好的解决办法？"经过多轮的否定、否定之否定，创新的火花或许将在不经意间点燃。

"这就是如今大学越来越重视通识教育的原因，文科生应该具备自然科学常识和科学精神，理科生应该具备人文素养和社会关怀。"王焰新说。

▶ 院士的大学时代——大地之子

# "人生的路该往何处走"
# 是每一代青年共同面临的哲学命题

在中国地质大学1980年5月，一封署名为"潘晓"的读者来信《人生的路呵，怎么越走越窄……》发表在《中国青年》杂志上。这封信提出了两个观点，一个是"人的本质是自私的"，另一个是"主观为自己，客观为别人"，引发了全国范围内关于人生观的大讨论。

当时，作为一名中学生的王焰新深受触动。如今进入花甲之年，王焰新对此也有了更多的思考，他认为，"人生的路该往何处走"，是每一代青年都要面临的哲学问题。

王焰新是在改革开放初期上大学的。"时间就是金钱，效率就是生命"一度成为时代标语，也由此在青年学生中产生了实用主义、功利主义等价值取向；如今进入新时代，社会思潮多元，不同价值观彼此碰撞，青年人面临的迷茫、诱惑和思想冲击，似乎到了一个新的发展阶段。

从前人走过的路中，或许能找到一些规律性的认识。

本科毕业前夕，王焰新迎来人生的第一个关键选择——去哪所高校继续深造。从国内的"名牌大学"考研到"名气没那么响亮"的武汉地质学院，是"学历降级"吗？王焰新有自己的考量。

大三专业分流时，王焰新选择水文地质作为自己的专业方向，也是从那时起，他就下定决心继续读研深造。

中学时便苦练英语的他，憧憬着出国的机会。1983年考研报名时，全国范围内水文地质类专业研究生招生只有一位导师有

王焰新院士 ◀

▲ 1989年在湖北龙角山矿野外实习

出国指标——武汉地质学院的沈照理先生。武汉地质学院师资力量雄厚、专业方向合适，又有心仪的导师，王焰新没有多想，便做出了自己的选择。

事实证明，正是由于在南大读书时打下的数理基础和在地大求学时练就的专业本领，才共同促成了王焰新在水文地质领域的科研成就。

1987年从中国地质大学硕士毕业时，王焰新很快面临第二个重大选择——继续攻读博士还是工作挣钱？

彼时正处于市场经济发展早期，年轻人下海经商成为时代潮流。社会上更是轻视学术研究，弥漫着一股浮躁之风，甚至有一种说法"造导弹的不如卖茶叶蛋的"。

各行各业的基础设施建设都需要水文地质人才，凭借硕士文凭，完全可以在水利、地质、铁路甚至军队系统找到一份满意的工作。王焰新也曾动摇，但他想到自己本科时期经过两年的探索，才树立了在水文地质领域继续深造的决心，坚持了这么多年，怎能轻易放弃？

最终，王焰新成为当年硕士毕业班上唯一一名脱产攻读博士的学生。

读博期间，由于水文地质专业跟市场接轨，曾有许多面向市场开发的横向项目主动找上门来，但王焰新婉言谢绝了，他把自己全部的精力放在基础研究上。1990年，王焰新博士毕业，第二年便开始承担自己的第一个国家自然科学青年基金项目。由于教学科研成果突出，1994年，他年仅31岁就被原地质矿产部破格晋升为教授。

直到现在，王焰新依然坚定地认为，大学应当以基础研究为

▲ 2020年在山西省天镇县高温地热资源勘查工程现场查看岩芯

安身立命之本，大学老师也应把基础研究放在首要位置。同时，基础研究不等于"躲进小楼成一统"，而要鲜明地指向社会需求，服务国家战略。

他以自己长期从事的地下水水质研究为例，20世纪90年代，市场经济飞速发展，生态环境问题被人们忽视，当时几乎没有人看好这个"不起眼"的研究方向。但党的十八大以来，生态文明建设被提到前所未有的高度，人们逐渐意识到环境问题关乎全人类的共同未来，"这说明我30年前的方向选对了"。

在2023年毕业典礼上，王焰新向全校毕业生分享了"在选择面前，我们该如何选择"的问题，以此作为送给学生的最后一堂"思政课"。

他说："……近年来，虽然你们已经历过一些选择，但未来还不得不独立作出更多的选择。无论身处哪个阶段，什么时候，你们要学会用坚定的信仰指方向，用长远的眼光和批判性思维找答案，用笃定的毅力和创新的思路干事业，将个人的'小我'融入强国建设、民族复兴的'大我'之中，方能担当时代重任、不断健康成长。"

常年身处大学校园，王焰新注意到，"00后"一代更是互联网的"原住民"，长期生活于两个世界——一个是现实世界，另一个是虚拟的网络世界。现实的压力促使他们常常需要在两个世界之间寻求平衡，一旦平衡不当便会陷入困惑。这就要求大学对学生的培养不仅仅是知识的获得与技能的提升，更重要的是用价值观塑造学生，进而引领专业学习。

中国地质大学（武汉）提出了16字的人才培养目标："品德高尚、基础厚实、专业精深、知行合一"，"品德高尚"排在第一位。

王焰新认为，无论本科生还是研究生，人才培养的过程首先是一个价值塑造的过程，"我如何看待这个世界？""我将来会成为怎样的人？""我跟世界的关系是什么？""我可以为这个世界做些什么？"……这些看似宏大却又十分基础的问题，需要在大学校园里完成思考。因此，大学阶段的首要任务应当是价值观和品行的塑造。

具体到教师身上，王焰新认为，每一位教师都应该首先当好一名"德育教师"，"老师说的一句话可能会影响学生的一辈子"，对大学生来说更是如此。

王焰新至今都记得在南京大学读书时，著名水文地质专家王秉忱先生曾受邀到校讲座。讲座现场，王秉忱先生不仅讲授专业知识，更语重心长地讲到我国水资源短缺的现状和地下水研究领域面临的挑战，鼓励大家为服务国家需求而努力学习。讲台下的大三学生王焰新很受触动，"我当时就感觉到，水文地质专业太重要了，有时候，一堂课就可以改变一个人的人生"。

生于20世纪60年代初的王焰新亲眼见证了祖国由弱到强，从面临国际打压到屹立于世界民族之林的奋斗历程。他说，时代的接力棒交到这一代青年手上，如今的青年人拥有怎样的价值观至关重要。

王焰新希望，地质大学培养的学生应有热爱祖国、关怀人类的"大胸怀"。这种胸怀首先体现在热爱祖国，将个人成长与国家命运结合起来，在扎根大地、服务人民的过程中，自己的人生价值也会得到丰富与升华。

其次，地球科学天生就是一门视野宏大的学科，地质学研究的基本尺度常常是百万年起步，"如果把地球的年龄换算成24小时，一个人活到100岁，只占1/600秒",如果从这个角度来看，个人的得失荣辱显得微不足道。"遇到困惑时，视野要开阔。真正优秀的人，不会纠结于眼前的'小郁闷'，很多时候跳出来看问题，会有不一样的收获。"

（张子航、朱娟娟、王俊芳、雷宇，2023年9月19日上午，武汉，中国地质大学王焰新院士办公室）

# 采访手记

## 院士也曾是『文青』

▶ 院士的大学时代——大地之子

采访前检索资料,最先引起记者注意的是一篇篇洋溢着才情与哲思的演讲稿——从2014年开始,每年毕业典礼王焰新校长致辞的题目都是两个关键词:"改变与坚守"(2014)、"格局与精致"(2015)、"为公与修己"(2016)、"远航与驻望"(2017)、"高贵与谦逊"(2018)、"伟大与平凡"(2019)、"幸福与磨难"(2020)、"自强与无我"(2021)、"荣光与挫折"(2022)、"强基与致远"(2023)……细细品味,每一对词语都充满哲学韵味和思辨精神。

在常人印象里,校长的讲话稿不都是专人提前写好,"念念稿"就可以吗?可是,如果完全由他人执笔,一年两年、一篇两篇写得好是正常的,但近十年的稿子仿佛都遵循某种规律,背后一定不简单。

见文如见人,诚哉斯言。见面后,这个学生口中"最儒雅""最萌""像爷爷一样亲切"的校长院士形象一下子鲜活了起来。原来,每年毕业致辞的主题和方向都由王焰新院士亲自确定,这两个关键词更是他反复推敲的结果。这位水文地质学领域的中科院院士,曾经也是个"文艺青年",在文学、外语、艺术、哲学等领域都颇有见地,直到采访的前两天,他还在读科技哲学方面的书。

他认为,毕业典礼就是学生的最后一堂思政课,他想在毕业生启程之际告诉他们最后一句话,"人生就是这样,充满了矛盾,而矛盾是对立统一的"。

王焰新院士 ◀

▲ 王焰新院士在元旦跨年夜与学生一起包饺子

▲ 和同学们在操场交流

# 个人简介

王焰新，1963年11月出生于湖北宜昌，籍贯山西原平，水文地质学家，中国科学院院士，中国地质大学（武汉）教授、校长。

王焰新于1984年获得南京大学地质学系水文与工程地质专业理学学士学位；1987年获得武汉地质学院水文地质专业工学硕士学位；1990年获得中国地质大学水文地质专业工学博士学位；

1994年被原地质矿产部破格晋升为教授；1998年至1999年赴加拿大滑铁卢大学从事合作科研；2000年1月任中国地质大学（武汉）副校长；2010年12月起任中国地质大学（武汉）校长；2019年当选为中国科学院院士。

　　王焰新主要从事地下水水质与水污染控制、地热资源勘查等领域的研究。

# 一问一答

问：您曾发表过一篇文章，专门探讨艰苦奋斗精神的时代内涵。对新时代大学生来讲，特别是在治学过程中，如何理解艰苦奋斗的精神？

答：现在的生活条件下，生活上的困难我认为不是主要问题。做任何东西都是要吃苦的，但今天的"艰苦"不是说物质的短缺或者研究条件的短缺，而更加呼唤一种精神上的坚守。在做学问的过程中，你可能需要耗费大量的时间和精力，比如我们在20世纪80年代读大学的时候，看几十篇文献可能就算多的，现在看100篇算少的，看500篇也是少的，要真正读完博士，可能1000篇是起步。

当然，20世纪80年代没有电子文献，都是靠复印或借阅纸质资料。现在有海量的电子资料，规模确实大了很多，但看文献的基本功是相通的。比如，怎么迅速拎出一篇文章的核心思想，找出研究不足的地方，同时研究清楚它的研究思路、研究方法，它的数据是怎么获取的，模型是如何建立的……本质上还是一样的，只不过（20世纪80年代）要花更多的时间。现在科技发展很快，我觉得年轻人压力更大，虽然生活上没有困难，研究条件有很大的改善，但要做出创新的东西更不容易。

延伸阅读

攀登铸荣光 奋进创未来
——在校庆70周年庆典大会上的讲话

◎中国地质大学（武汉）校长王焰新院士

（2022年11月7日）

尊敬的各位领导、各位来宾，老师们、朋友们，
亲爱的校友们、同学们：

大家上午好！

在深入学习贯彻党的二十大精神之际，我们相会南望山下、未来城中，相聚在云端，共同庆祝中国地质大学建校70周年，抚今追昔，展望未来，激励全体地大人为实现建成地球科学领域世界一流大学的"地大梦"阔步前行！

首先，我谨代表学校，向全体地大人致以节日的问候和美好的祝福！向莅临大会的各位领导、各位来宾表示热烈的欢迎，向关心和支持学校发展的社会各界人士、国际友人表示衷心的感谢！向在办学历程中无私奉献的离退休老领导、老同志表示崇高的敬意！

1952年，应国家建设急需，在毛泽东同志"开发矿业"的伟大号召下，在李四光先生"新中国办起了惊天动地的事业"的宣告中，北京地质学院诞生了。建校之初，学校大师云集，会聚了以袁复礼、张席禔、冯景兰、尹赞勋、袁见齐、王鸿祯、池际尚、马杏垣等为代表的来自清华大学、北京大学、天津大学、唐山铁道学院等院校的一大批优秀地质人才，他们成为中国高等地质

教育的先驱。在刘型、高元贵等老一辈革命家、红色教育家的带领下，学校坚持艰苦朴素、求真务实，建立了新中国最早的高等地质教育体系，培养出一批经济建设急需的地矿行业的专门人才，为百业待举的新中国建设作出了重大贡献，被确定为全国重点高校。在此期间创建的周口店地质教学实习基地，被誉为中国地质工程师和地质学家的摇篮。

1970年，学校南迁，辗转多地，最后定址武汉。全体师生艰苦奋斗、自力更生，克服了难以想象的困难，开始了"乌兰牧骑式"的多点办学，边迁校、边建校、边招生、边教学、边科研，风雨兼程重建教育体系，实现目标重心转移，在中国精神的滋养下，与荆楚文化和武汉精神相互交融，形成了"胸怀大局、初心如磐、艰苦创业、勇攀高峰"的南迁办学精神。学校不断开拓进取，抢抓重大发展机遇，进入了新的发展阶段。1986年成为全国试办研究生院的高校，1987年组建成立中国地质大学，实现了从单科性地质院校向多科性行业特色学校的转型跨越，1997年跨入"211工程"重点建设高校行列，2006年成为国家"优势学科创新平台"建设高校。

进入新时代，学校坚定了"共创美丽中国、共建宜居地球"的使命担当，各项事业实现了新跨越。

——坚持发展优先，以党建引领保障事业高质量发展，启动实施"三步走"战略，确立了在建校100年之际，建成地球科学领域世界一流大学的长远办学目标。学校第十二次党代会开启了建设地球科学领域国际知名研究型大学的新征程，开展办学思想大讨论，持续深化改革，制定2030中长期战略规划。入选"全国党建工作示范高校"培育创建单位，获评全国文明校园，基层党组织建设获得多项国家级荣誉。破解办学资源短缺瓶颈，建成并启用未来城校区，南望山校区基础设施提档升级，学校总建筑面积达到140万平方米，形成"一校两区四基地"的现代化生态型校园格局，育人环境持续改善。

——坚持立德树人，深化人才培养改革，构建拔尖创新人才培养共同体（HCUG）[2]，打造"三融合"一流本科教育和"三融三跨"高质量研究生教育体系，构建全程贯通、空间联通、队伍互通、内容打通、评价融通的"三全育人"工作格局。研究生教育规模和质量持续提升。拥有34个国家一流本科专业、21门国家一流课程，地质学、地球物理学入选国家基础学科拔尖学生培养计划2.0基地，获评"全国创新创业典型经验高校"，多位学生获评"中国大学生年度人物"。实践育人、科教融合、产教融合持续推进，多项教学成果获得国家级奖励。

——坚持学术卓越，实施"学术卓越计划"，持续入选国家"双一流"建设高校。实施科技兴校战略，发起"地学长江计划"，推进科技成果转化，开展多学科协同创新。持续优化学科布局，7个学科领域进入ESI全球前1%，其中地球科学和工程学进入前1‰，拥有国家重点实验室等4个国家级科技创新平台。实施人才强校战略，近5年引进和培育人才共计610余人，近10年有18位地大人当选两院院士，学校毕业生中两院院士数量达到44位。涌现出"全国最美教师""全国优秀教师""全国模范教师"等一批师德师风先进典型。

——坚持以文化人，地大人不断攀登自然高峰、科学高峰，孕育了"扎根中国、胸怀天下、勇攀高峰、追求卓越"的攀登精神。地大登山队完成攀登七大洲最高峰、徒步南北极点的壮举，地大学子获得奥运会多项奖牌；获批高校中华优秀传统文化传承基地；传承科学精神，原创话剧《大地之光》11年巡演52场，大学生原创节目持续登上央视舞台；持续打造地学科普教育一流品牌，校史育人初见成效。凝心聚力战疫情，国际留学生"钢铁侠"志愿服务队传播中国抗疫故事。学校的社会美誉度持续提升。

——坚持对外开放，成立"丝绸之路学院"，服务"一带一路"建设，有近80%的来华留学生来自"一带一路"沿线国家和地区。发起组建地球科学国际大学联盟，与100多所大学、研究机构成为合作伙伴，全球学术影响力不断增强。聚焦国家战略深化拓展校地、校企、校院、校校等合作，实现内地省份建立校友会全覆盖，在脱贫攻坚、乡村振兴中展现地大担当。

根本固者，华实必茂；源流深者，光澜必章。中国地质大学70年发展取得的成就，南迁办学以来尤其是新时代取得的跨越式发展，离不开上级部门和各级领导的亲切关怀，离不开学校历届领导班子的励精图治，离不开广大师生员工的辛勤耕耘，离不开广大校友、社会各界朋友的倾力支持。我谨代表学校，向一直以来关心、支持和帮助学校的各级领导和各界朋友致敬，向努力拼搏、追求卓越的一代又一代地大人致敬！七秩荣光属于每一位不忘初心、艰苦奋斗的地大人！

老师们、同学们、校友们、朋友们！

峥嵘七秩，岁月如歌。70年来，我们始终与党和国家同心、同向、同行，为党育人、为国育才的初心从来没有改变，高水平学科特色创新发展的定位从来没有改变，谋求人与自然和谐发展的追求从来没有改变，"艰苦朴素、求真务实"的本色从来没有改变。70年来，我们坚持并弘扬"只要不畏艰苦和挫折，就一定能够达到光辉的顶点"的传统，完成了从单科性地质院校到多科性行业特色大学、再到学科特色型大学的转型升级，积累了扎根中国大地建设世界高水平大学的宝贵经验。

七秩攀登，我们牢牢把握正确办学方向。我们深刻认识到，方向是立校之本。坚持党的全面领导，是战胜前进道路上一切困难的根本政治保证。唯有把握国之大计、党之大计的教育定位，始终坚持社会主义办学方向，全面贯彻党的教育方针，落实立德树人根本任务，才能传承红色基因，源源不断培养造就高素质拔尖创新人才。唯有遵循高等教育规律，立足国情、校情，保持战略定力，科学谋划发展蓝图，根植行业、久久为功，才能行稳致远。

七秩攀登，我们坚持运用改革关键一招。我们深刻认识到，改革是治校之基。自我革命是跳出治乱兴衰历史周期率的第二个答案。唯有在适应中改革，在改革中引领，聚焦痛点难点，在人才培养、学术创新、社会参与、内部治理、资源配置等方面持续深化系统性、整体性、协同性改革，破除"不愿改、不敢改、不会改"，最大限度地调动、整合校内外办学资源和要素，才能更好地增强发展动能，实现高质量发展。

七秩攀登，我们不断优化创新生态格局。我们深刻认识到，创新是兴校之举。一所大学要引育大师、培养一流人才、产出一流成果，需要有良好的创新生态。地大70年的办学成就，很大程度上要归因于长期向好的创新生态。唯有不断优化创新生态格局，以更顺畅的协作、更高效的配置、更科学的评价，营造激励创新、敢于冒尖、甘坐冷板凳的氛围，才能不断提升核心竞争力。

七秩攀登，我们始终坚持对外开放办学。我们深刻认识到，开放是活校之策。开放带来机遇，合作促进发展，必须持续推动更大范围、更宽领域、更深层次、更高水平开放。唯有积极对接国家和区域重大战略需求，扎根并服务于自然资源事业，抢占科技制高点，提升科技创新能力和社会服务质量，扩大国内外交流合作，构建发展共同体，才能担负起高等地质教育国家队和地球科学领域国家战略科技力量的使命责任。

七秩攀登，我们始终坚守大学精神文化高地。我们深刻认识到，精神文化是荣校之源。培育大学精神、建设特色校园文化，成为社会道德、良知的"襁褓"和人类文明的灯塔，是大学长期、持续发展过程中必须践行的光荣使命。地大拥有丰富精神宝藏和特色校园文化。唯有把以校训精神、南迁办学精神和攀登精神为内核的地大精神贯穿到办学治校的全过程各方面，坚持"严在地大"，依法治校，靠优良校风学风熏陶、培养青年师生，靠远大理想、伟大事业和海纳百川的胸襟凝聚人心、会聚英才，激励全体地大人不断攀高登峰，才能早日实现地大梦。

老师们、同学们、校友们、朋友们！

高校是建设教育强国、科技强国和人才强国的战略交汇点。当前，国家战略提出新要求，行业转型呈现新态势，高等教育发展呈现新格局。党的二十大报告首次对教育、科技、人才进行统筹安排、一体部署，为我们在新时期办好人民满意的教育指明方向。10月2日，习近平总书记给山东省地矿局第六地质大队的重要回信，强调了矿产资源及其勘查开发的重要地位和作用，勉励他们要在新一轮找矿突破战略行动中发挥更大作用。我们要坚

王焰新院士 ◀

▲ 王焰新院士在70周年校庆大会上讲话

▲ 王焰新院士签发录取通知书

▶ 院士的大学时代——大地之子

▲ 王焰新院士在2022年毕业典礼上讲话

▲ 王焰新院士给博士生授予学位证书

决贯彻落实党的二十大精神和习近平总书记重要回信精神，坚守初心、勇担使命、善作善成，在全面建成社会主义现代化强国的新征程中勇毅前行。新征程上，美好未来必将由每一位勇攀高峰、追求卓越的地大人创造！

奋进未来，我们要志做"四个服务"的落实者。"四个服务"揭示了我国大学的办学目标和初心使命，是建设中国特色世界一流大学、建设高等教育强国的根本遵循。奋进新时代、新征程，我们要始终坚持社会主义办学方向，与党同心、与国同进、与民同行，扎根中国大地办人民满意的大学，全面贯彻党的教育方针，落实立德树人根本任务，完善"三全育人"格局。要遵循高等教育规律，引育一流教师，汇聚一流生源，建设一流学科专业，打造一流课程、一流教材、一流实践教学和创新创业基地，把科技资源有效转化为教育教学资源，创新学科特色型大学人才培养模式，着力培养"品德高尚、基础厚实、专业精深、知行合一"的高素质拔尖创新人才。

奋进未来，我们要勇做地球科学创新发展的先行者。只要有地球存在，只要有人类存在，只要人类在发展和进步，地球科学就不会枯竭。当前，人与自然双重作用如何影响地球系统的演化方向，人类如何应对由此带来的全球变化，已经成为地球科学的重点研究方向。从行星地球系统角度，研究宜居地球的过去、现在和将来极为重要，研究地球的内部动力过程、物质与能量循环过程、多圈层相互作用及其资源环境效应极为关键，研究地球环境与安全、健康的关系极为紧迫。学校的地球科学学科门类齐全、优势突出、特色鲜明，基础学科、特色工科和特色文科发展势头良好，已经基本具备引领地球科学学科创新发展的人力资源、文化禀赋、学术环境和物质基础,要努力成为国际地球科学新理论、新方法、新技术的策源地。我们必须致力于更深刻地认知地球系统、更可持续地开发利用地球资源、更高质量的绿色发展、更为有效的人与自然共生治理,不断创新学术组织模式、优化办学资源配置、改革各类评价机制,构建知识创新、技术创新、科技成果转化、国际科技合作和特色智库建设"五位一体"的科技创新体系布局,强力推进学科交叉汇聚,最大限度地激发创新活力,大幅提升科技创新能力和服务湖北、服务自然资源等区域和行业高质量发展的能力。

奋进未来,我们要争做"两个共同体"的建设者。"人与自然和谐共生的生命共同体"和"人类命运共同体"是中国式现代化的重要内容,是人类文明新形态的重要体现。"美丽中国、宜居地球"是建设"两个共同体"的交汇点,我们要深刻把握"人与自然和谐共生的生命共同体"和"人类命运共同体"的科学内涵、时代价值和情怀境界,强化服务两个"共同体"的使命担当。我们要以呵护"人与自然和谐共生的生命共同体"为目标,着力推动以地球科学为核心的学科生态系统全面优化升级,加快推进地球科学类人才供给侧结构性改革,全面参与国家新一轮找矿突破战略行动,在服务国家能源资源环境等领域的科技自立自强方面作出更大贡献。我们要着力推进更高水平的开放,更好地发挥教育在构建人类命运共同体中的作用,发挥地球科学国际大学联盟在推动地球科学教育和科技合作中的示范引领作用,深度参与"一带一路"建设,在合作共赢中更好地传播中国声音,弘扬地大精神、展现地大风采、彰显地大担当。

奋进未来,我们要善做学科特色型大学创建世界一流大学的开拓者。学科特色型大学是我国教育、科技和人才供给链中的重要力量。将一批学科特色型大学建成世界一流大学，是建设教育强国的必然要求和内在之义。我们要敢于蹚新路、立新功。我们坚信：再经过30年艰苦卓绝的接续奋斗，地大梦一定能够实现！

特色就是竞争力。我们必须强化特色、关联生长，提高质量、跃升能级。始终坚持把引育一流师资、造就一批地学大师作为学校工作的重中之重，围绕战略科学家和领军人才构建大平台、大团队。在努力提升解决国家能源资源环境等领域重大问题、承担重大项目能力的同时，专注国际学术前沿，提升成果的原创性、引领性。聚合办学资源和创新要素，健全新型举校体制，培养具有国际竞争力的拔尖创新人才，推动有组织的科技创新，努力实现从跟跑、并跑到领跑的量变与质变，努力成为世界地球科学人才培养中心和科技创新高地。

特色就是贡献力。我们必须坚持追求卓越，内生驱动、自主赋能。我们要始终保持头脑清醒，坚守大学精神文化高地，严谨治学、潜心育人，攀登不止、敢为人先，永葆青春活力。坚持结构跟随战略不动摇，持续深化改革，完善治理体系，提升治理效能，赋能全体地大人。贯通人才链、学科链、创新链和产业链，优化政产学研用系统，努力打造国际地球科学创新枢纽，积极融入全球科教创新网络，为"共创美丽中国、共建宜居地球"做出不可替代的贡献。

老师们、同学们、校友们、朋友们！

新时代赋予新使命，新阶段呼唤新作为。让我们更加紧密地团结在以习近平同志为核心的党中央周围，深入学习贯彻党的二十大精神，大力弘扬爱国奉献、开拓创新、艰苦奋斗的优良传统，勇于攀登、共铸荣光，团结奋进、逐梦未来，为实现地大梦砥砺前行，为全面建设社会主义现代化国家、全面推进中华民族伟大复兴贡献地大力量！

　　谢谢大家！

谢树成时常鼓励学生:"要敢闯无人区,做'从0到1'的研究,要有勇气和胆量做'天下第一人'。"

从一位浙江农村的少年成长为中国科学院院士,追溯这位地球生物学家"从0到1"的成功品质,他借用自己毕生热爱的地质微生物寄语青年一代:"人类个体就像微生物一样,微观尺度的努力往往能够积聚出宏观尺度的力量。"

——谢树成

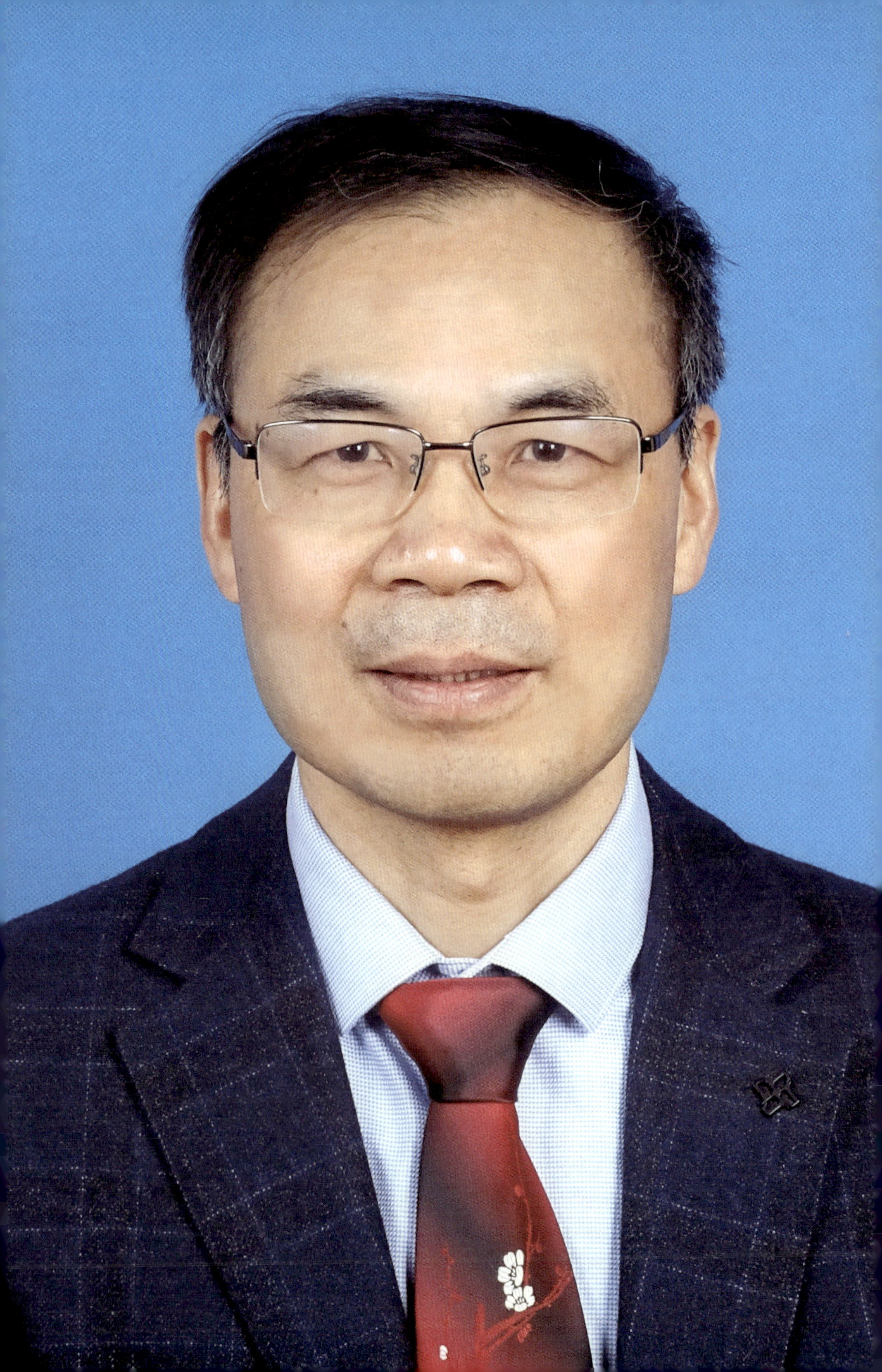

# 勇闯"无人区"，探索"0到1"

从乡村少年成长为近半个世纪首位荣获国际有机地球化学最高奖的华人科学家

◎ 谢树成院士

▶ 院士的大学时代——大地之子

从太空眺望蔚蓝色的地球，海洋与陆地汇聚成壮丽山河，万物生长，好一片欣欣向荣的人类家园。殊不知在漫长的生命演化史上，地球曾发生过五次生物大灭绝。

最为严重的是距今2.5亿年前爆发的"二叠纪—三叠纪之交的大灭绝事件"，一度认为超过90%的物种因此永远消失。

学术界一度猜想是外星体撞击地球引发了这场毁灭性灾难。穿越漫长的地球历史，这个关乎人类未来命运的千古之谜如何破解？

中国地质大学（武汉）谢树成教授及其团队通过一种特殊的"信使"——地质微生物揭开了那场大灾难背后的秘密。地质微生物看不见，摸不着，却对气候环境的变化反应极为灵敏。

谢树成团队在距今约2.5亿年前的生物化石研究基础上，引入了微生物指标，由此精准而完整地分析古海洋环境条件的变化，进而还原了动物大灭绝的过程，为那场扑朔迷离的巨大灾难提供了难得的答案。

谢树成时常鼓励学生，"要敢闯无人区，做'从0到1'的研究，要有勇气和胆量做'天下第一人'"。

高中时谢树成是班里的尖子生，前三个高考志愿都是国内重点学府，却因"发挥失常"提前被参考志愿录取。上大学后原本学分析化学专业的他，阴差阳错又被选进了地球科学实验班。读

谢树成院士 ◀

▲ 谢树成

研时立志研究古生物，导师却高瞻远瞩地将他引进了充满未知和挑战的生物成矿领域，从此与微生物结缘。

7年的研究生学习，尽管困难重重，但执着的谢树成总能在迷宫中望见星光。

从事科学研究期间，他八年间两度问鼎国家自然科学奖。不久前，他还问鼎国际有机地球化学领域最高奖，成为该奖项设立45年来，首位获此殊荣的华人科学家。

从一位浙江农村的少年成长为中国科学院院士，追溯这位地球生物学家"从0到1"的成功品质，他借用自己毕生热爱的地质微生物寄语青年一代："人类个体就像微生物一样，微观尺度的努力往往能够积聚出宏观尺度的力量。"

## "好老师会改变人的一生"

1967年10月，谢树成出生于浙江省龙游县模环乡上向塘村的一个农民家庭，在兄弟姊妹5人中排行老二。

江浙一带自古崇文尚贤，距离谢树成家不到50米的邻家叔叔郑树森，从一名赤脚医生成为我国肝胆外科专家、中国工程院院士。他与夫人李兰娟院士的伉俪传奇，在乡间传为佳话。

少年谢树成就读的模环小学兼具小学部和初中部，望子成龙的父母希望他以郑树森为榜样，将来学有所成救死扶伤。

穷人的孩子早当家。谢树成每天放学后，先帮家里打好水、干完田里的农活，再搬起凳子完成作业、复习功课。到了暑假的"双抢"时节，他义无反顾地跑到田里帮父母亲抢收抢种，"晒得比泥鳅还黑"。

▲ 大学时期的谢树成（图右）

▶ 院士的大学时代——大地之子

　　清贫的乡村生活并没有埋没这个勤奋好学的少年，1982年中考时，模环中学仅有两名学生考入浙江省重点中学衢州二中，谢树成便是其一。

　　那是浙江省首批18所省重点中学之一，培养出了三位中国两院院士和两位海外院士。

　　由于初中英语基础比较薄弱，谢树成刚到衢州二中时因英语成绩不理想而被分到了英语排名最后的6班。"全是全校英语最差的"。因此，学校安排刚从浙江师范大学英语专业毕业的潘志强担任班主任兼英语老师。

　　"一位好老师，有时会改变人的一生。"回首过往，这位已经在地球生物学顶峰攀登的中国科学院院士，至今对高中恩师念念不忘。

　　在那个中学补课尚未兴起的年代，潘志强牺牲休息时间，连续两个暑假为全班50名同学无偿补习英语。从最基础的初中英语开始，帮助同学们练习听力、补习语法。

　　令谢树成印象最深刻的是，潘老师每天都会拎着一个录音机给大家播放英语新闻，并逐句解释。"给我们打下了扎实的英语基础。"也为后来在国际科学前沿的耕耘奠定了基础。

　　进入大学后，谢树成还收到过10多份英文素材，那是潘老师邮寄的，鼓励他坚持学英语。

　　谢树成不负所望，每天清晨早早起床，在宿舍里听英语磁带，四年从未间断。即便是大二到北京周口店野外实习，他都随身带着收音机。甚至念研究生后，他坚持每天写英文日记，还拿过全校英语竞赛的二等奖。

　　得益于潘老师的影响，谢树成把坚持不懈诠释得淋漓尽致，把曾经薄弱的英语短板补了上来，也为日后阅读外文期刊和科技论文的英文写作打下了良好基础。

在高中语文老师汪啸波的印象中，谢树成学习极为认真。这在他的高中同学、华南师范大学教授顾凤龙那里也得到印证。

高二时一次班级大扫除，同学们都离开了教室。10分钟后，顾凤龙估摸着打扫完成，就急着回到教室学习。可进去后他发现，谢树成早就坐在课桌上看书了，头发上还蒙了一层厚厚的白灰，"他沉浸在一道题目中，根本没有出门"。

谢树成乐观开朗，乐于助人，也从不会因为"农村娃"的身份感到自卑。

一位城里的同学分到与谢树成同桌。老师们起初担心谢树成会受欺负，让人出乎意料的是，成绩优异的谢树成时常主动指导同学解决难题，久而久之，二人成了无话不谈的好朋友。

担任班级劳动委员的他还带头劳作，人缘很好。

20世纪80年代还是计划经济，生活物资匮乏。为补贴学生的蚊帐床被，学校在校园里开垦土地种植棉花和豆子，每到周末，同学们要到田里参加两节劳动课。

有城里的同学自小没拿过锄头，怕晒太阳怕累，谢树成就带头下地。在他的带领下，全班顺利完成考核，城里和农村的同学都喜欢他。

1984年，品学兼优的谢树成获评衢州市"优秀共青团员"，是全年级唯一获此殊荣的学生。学校中获此荣誉的还有大他4岁的潘志强老师，这成为衢州二中的美谈。

谢树成憧憬着，考一个好学校，学一个好专业。

1985年高考，谢树成考进班级前10名。填志愿时，他信心满满地填了上海交通大学、中国科技大学以及北京航空航天大学等国内知名学府。

和好朋友交流发现，有机会去野外研学和考察也很有趣，于是作为备选，他便在参考志愿里报了武汉地质学院［现中国地质大学（武汉）］分析化学专业。

## "在帮助别人中成就自己"

高考放榜后，谢树成被武汉地质学院提前录取了。他挤上人潮拥挤的绿皮火车，从浙江省龙游县一路向西再向北蜿蜒，熬过二十几个小时后，拖着疲惫的身躯走进学校大门。

初入大学的谢树成充满失落感。"感觉高考没有达到自己的预期，可是又不敢轻易放弃现在的学校。"

大一最初的几个周末，他跑到学校附近的电影厂，看革命、战争、爱情各类题材的电影，借此排遣心中的苦闷。

不久，改革的春风吹进大学校园。时任校长赵鹏大提出，进行人才培养改革，从全校录取的1300名大一新生中选出30人，成立地球科学实验班，进行跨学科的人才培养，同时学习地质学和非地质学两个专业，五年学制拿双学位，办起了一个学习特区。

挑选过程要经过笔试、面试环节。通知出来后，谢树成的一位室友特别想报考，又不愿一个人去，就央求"老好人"谢树成陪考。

谢树成认为学分析化学很好，可是拗不过同窗的盛情邀请，因此参加了考试。

人生往往充满戏剧性。走出考场，室友向谢树成吐槽："专业课面试题目太难了，都回答不上来"，室友最终与梦想擦肩而过。而陪考的谢树成意外地被幸运女神眷顾，考上了。

按照培养计划,地球科学实验班的学生实行淘汰制,学习成绩跟不上就要退出,再行增补。一年时间要学完两年的课程,同学们每天的课排得满满当当,有时候周末,大家都在看书。

严苛的培养要求造就了令同学们引以为豪的良好学风。曾润锋与谢树成住在51栋108宿舍同一个下铺,他清晰地记得这样一幕——每天清晨,大家出门,至晚方归。晚自习归来,其他班级的同学纷纷站在走道里,向他们"行注目礼"。

"学习特区"里不仅集结了全校的尖子生,更是云集了一群国内知名地质专家,给大家讲授专业课。

岩浆岩老师路凤香是全国著名岩石学家,变质岩老师游振东毕业于北京大学地质学系,数学老师张一球曾是湖南省高考理科状元,皆为一代名师。

野外岩石学老师邱家骧,把出野外考察的岩石地形地貌,在野外记录簿上寥寥几笔绘出一幅幅精美图文,展示给同学们看,漂亮极了。

古生物学老师殷鸿福讲课绘声绘色,他将一块动物化石在海洋里面的运动过程还原,分析它在海洋里如何生活、如何抓取食物,把一块古老的化石讲得活灵活现,一下子就引起了谢树成极大的兴趣。

殷鸿福老师的课堂上,那些用拉丁文写成的物种名字,如同曾经钟情的英文一样,一下子让谢树成着了迷。生动而又通俗的课程坚定了他从事古生物研究的志向,曾萦绕在他心头的失落感也随即烟消云散。

刚刚打开国门,社会的发展带来新的风尚。每周六的晚上,校园里会举办舞会。爱好篮球、足球的谢树成,则时不时会拉上同学,在操场上挥汗如雨。

勤奋好学、文体开花，勾勒出那一代天之骄子身上独有的青春剪影。学霸云集的班上，这群理科生在闲暇之余，由班长、团支书带领几位同学，办起一本文学杂志，定期发行，同学们争相传阅。

休息时间，男生们在宿舍摆开象棋，你来我往争锋于楚河汉界之上。谢树成偶尔会驻足观战，在棋盘上指点江山，纵马驰骋。

高中时"觉得字写得不好"，上大学后，谢树成还花了大量休息时间，找来字帖练习钢笔字。

由于家庭贫困，谢树成每月可获得17.5元国家补助，他靠着补助和奖学金念完了大学。艰苦岁月里，学校二食堂飘香的那一道红烧排骨，成为谢树成大学时代最深的味蕾记忆。

命运也曾向这个本就拮据的大学生开了个玩笑。

有次从浙江老家搭乘火车返校，临行前父母把凑来的200多元塞进了他的口袋，那将是他随后一学年的生活费。谢树成在火车上一路站到学校，一摸口袋才发现，兜里的钱却早不知去向，分文不剩。

一年的生活费没了着落，谢树成顿时慌了神，但他害怕家人担心，至今没将此事告诉父母。他靠着补贴、奖学金，以及好兄弟接济过来的饭票，熬了过去。

回忆起这位院士的青葱岁月，不少昔日的同窗好友形容谢树成：质朴善良，急公好义。

从矿产系金属专业选进来的夏圣猛生病住院，由于父母远在农村，谢树成便陪着他做完手术，住院期间天天来看望，每次还从自己的生活费里挤出一点钱，给他买来一份平日里奢侈的鸡蛋炒粉。

大二时班级组织去黄石铁山实习，到了地方清点人数时发现，一位男同学忘了及时下车。谢树成担心同学找不到地方，叫

▲ 1996年底杨遵仪、殷鸿福、谢树成合影（三代师生院士）

上几个人就往回跑，沿途一段一段地找他，把人寻了回来。

今天的大学校园，越来越多的学生面临心理困境。谢树成以自己的大学生活为例建议年轻人，少一点拘泥于自我的小世界，多一分为他人提供帮助。帮助别人，可能看似对自己的学习、事业没有直接的助益，但温暖对方、培育真挚友情的过程，潜移默化中其实也滋养了自我。

一次，在学校李四光学院开学典礼上，谢树成专门提到，哈佛大学一位校长在学生毕业典礼上讲"哈佛大学的毕业生走出去一定要想办法去帮助别人"。

"帮助别人，才能成就自己。"谢树成认为，我们每个人固然要争先创优，但在成就自己的同时，也要想办法多帮助别人。"如果只想着自己，走不了太远。"

▶ 院士的大学时代——大地之子

## "在无人区做从0到1的研究"

谢树成认为,信息大爆炸时代,系统的、大量的阅读弥足珍贵。

按他解释,地球生物学研究的是地球表层,但实际上还受到深部过程对地表的影响。反过来,地球表层还会进一步影响深部过程,这是个表层与深部的联动问题。"如果仅停留在地球表层,无法完全解决表层的问题。"

纵览谢树成的成长轨迹,大学期间如饥似渴的阅读时光,无疑为日后从事地球生物学科研工作打下了坚实基础。

大学图书馆有一间教参室,里面存放着大量外文书籍杂志,平日里只有老师可以进入。学校为地球科学实验班的学生开了自由进出的"特权",这一度令其他班学生无比羡慕。

每到周末,同学们或外出游玩,或参加舞会,谢树成则一头扎进教参室阅读外文期刊,极大地拓宽了知识面。多年后回首,谢树成认为这是大学期间收获的最重要的学习方法,"宽广的视野决定了成才的方向"。

四年时间里,谢树成年年是"三好生",毕业时成绩位列班级前茅,获得了免试攻读研究生资格,成为殷鸿福院士的研究生。他时常受邀到殷老师家中吃饭,品尝殷老师的拿手好菜——炒年糕。

谢树成与导师交流,准备跟着他做古生物方向的研究。拿了半辈子放大镜观察各类化石的殷鸿福却建议弟子另辟蹊径:着眼于国家未来需要,研究生物跟金矿银矿形成的关系以及相互作用——生物成矿作用。

得益于平日里大量阅读的积淀,谢树成马上联想到,导师指的不是植物、动物,而是细菌、藻类等微生物。

从古生物转向生物成矿成为他科研路上的巨大转折。

研究生物成矿需要做模拟实验，在殷鸿福老师的支持下，谢树成在学校地勘楼开辟出一个房间，买回来烧杯、锥形瓶、培养箱等各类实验器具，培养各种各样的藻类，白手起家创建了生物成矿实验室，并逐步扩展成分子地球生物学实验室。

此后，他更是引进分析脂类单体同位素的大型仪器，成为国际上第一个开展脂类单体氢同位素与古气候研究的学者，开拓了从碳同位素向氢同位素的大发展时代。

当下，不少青年学生自嘲"躺平""内卷"，谢树成则认为"思路决定出路"。他以自己读过的《天龙八部》《射雕英雄传》举例，认为"人要有勇气和胆量做天下第一"。

他鼓励弟子去做从0到1的研究，成为拔尖创新人才。当然这其中一定会遇到万千挫折，它考验远见、定力、愈挫愈勇的意志力，"但一旦成功了，你就是开山鼻祖"。

2008年，谢树成拿下人生第一个国家自然科学二等奖的科研历程，为此写下注脚。

生物大灭绝的模式与原因一直是国际研究的难点。其中，一个棘手的科学难题是，如何确定2.5亿年前海洋动物出现大灾难时的恶劣海洋环境？

为了获取精确的数据，谢树成和团队历时五年，从微生物的分子化石中寻找答案。他们从浙江煤山金钉子剖面上采集了系列岩石样品，进行了微生物分子化石的测定，并在此基础上发现了微生物及其海洋环境的两幕式变化。

在国际科技期刊《自然》上，谢树成根据微生物指示的海洋环境变化提出了生物大灭绝的两种模式：火山爆发释放出大量温室气体和有害气体，致使地球环境恶化，使得海洋动物灭绝。

与海洋动物形成鲜明对比的是,位于生态系统食物链底端的微生物却由于动物的大灭绝以及恶劣的生态环境而大量繁殖。

"想起那段激动人心的日子,艰苦又快乐。"谢树成感叹,面对瓶颈的时候,"只有耐得住寂寞,才能啃下硬骨头。只有坐得住,才能有一番作为。"

随后,他利用微生物进一步拓展第四纪古气候的研究,从雪冰到泥炭,从红土到石笋。这些开拓性研究让谢树成发现:地质微生物能够很好地记录气候环境变化,他和殷鸿福院士由此提出了以发展地质微生物为主题的新学科——地球生物学。

谢树成和他的团队持续探索这个全新的"无人区",2017年,他们的研究成果"地质微生物记录海洋和陆地的极端环境事件"入选中国古生物学十大进展。

在国际上,谢树成最早提出高等植物对全球温度变化的响应能够在生物标志物单体氢同位素上记录下来,开创了分子古气候学研究的

谢树成院士 ◀

▲ 介绍大石河河谷地貌

一个新方向。由于他及其团队在地球生物学领域的突出贡献，中国因此被国际学者称为"发展地球生物学的一支国际领导力量"。

2023年，谢树成荣获国际有机地球化学领域最高奖Alfred Treibs奖，成为自1979年第一次颁奖以来，全球获此殊荣的唯一一位华人科学家。在"无人区"的研究再结硕果。

每次与青年学生交流时，谢树成鼓励大家"跟国家需求结合起来"。这位地球生物学家的思想，始终站在祖国需要的最前沿。

刚入职一年多的"90后"海归戴兆毅是谢树成院士的课题组成员，得知谢树成院士的科研报国经历后感慨："做科研要有民族责任感，我们肩负民族振兴使命，要立足国家需要。"

2023年初，在母校衢州二中的一场题为《碳与人类社会》的科普讲座上，谢树成向年轻学子呼吁："如果你想治病救人，我建议你选医学；如果你想拯救地球，你可以选择地球科学。"

高一学生朱可意深受感染，在日记本上工工整整地写道："那些看似微小的微生物却有着巨大的力量。"

而今，谢树成瞄准地质病毒，尝试探索地质病毒如何影响地质过程。"想要找到病毒必须具备良好的技术手段。"新冠病毒通过核酸检测确定它是否存在。但是地质病毒没有核酸和蛋白质遗留下来，大部分病毒连脂类也没有。"这就需要创新思维，大胆假设，小心求证。"

## "挫折是人生的宝贵财富"

在某种意义上，学好地质学本身就是一种考验。

矿物学课涉及矿物的各种晶体结构，三八面体，四六面体……

单纯听课极其考验空间想象能力，去实验室看标本则又花费不少时间。

地史学课涉及各类地质历史和各类标准剖面，并且要一层一层地描述，既要投入很多时间，又不能死记硬背。

对于这些晦涩难记的知识，谢树成有一套独门秘籍：用联想的办法，与平时生活中看到的实物联系起来。"死记硬背，这一两周可能记住了，但过一个月就忘了。"

课堂学习之外，到野外考察是家常便饭，与狼和熊相遇更是不可避免。

谢树成读研究生时常到川西北的野外考察，只能住在帐篷里，有时正做着饭，不远处的草丛里就匍匐着一只狼。为了对付狼和熊，他们的帐篷里时刻准备了武器防身。

有次在高原上考察，厨师正做着饭，突然间"砰"的一声，高压锅爆炸，碎片在帐篷里飞溅。当时背对着高压锅的谢树成，听到爆炸声立刻蹲了下去，才躲过一劫。

"谢树成长年累月在野外，辛苦程度常人无法想象。但他坚持不懈，奔波于野外一线，非常难得。"对这位高中同学多年来始终如一的吃苦耐劳品质，顾凤龙由衷地敬佩。

爱好登山的人往往熟知，无限风光在险峰。

1997年，谢树成在中国科学院兰州冰川冻土研究所做博士后。中国、美国、俄罗斯、秘鲁、尼泊尔五国科学家登上青藏高原，到海拔8000米的希夏邦马峰考察。大部队的任务是从希夏邦马峰获取冰芯，进行古气候研究。

在藏语中，"希夏邦马"意为"气候严酷之地"，这座雪峰十分危险。考察途中，一位美国科学家就因严重的高原反应不幸离世。

在此之前，谢树成从来没上过青藏高原。导师姚檀栋院士担心他的身体，不太同意他去。"我认为机会难得，最终说服姚老师让我去了。"

谢树成和科考队住在海拔5800米的营地，每天要上到7000米的地方采雪，赶在太阳下山之前把雪背回营地融化，以便现场马上提取雪冰里的有机物。

一天清晨时分，谢树成第一个起床，独自向高处进发收集冰川雪样。头晚雪下得很大，漫天大雪盖住了原来的上山路线和冰裂隙。

突然，谢树成一脚踏空，掉进了冰裂隙。好在下坠时随身背的、用于取雪的大桶卡在了冰裂隙中间，才救了他的命。他一点点地攀回地面，等到大部队赶来时，全身已经没有丝毫力气。

劫后余生的谢树成带着样本一头扎进科研，检测出石油残余物。他分析认为，海湾战争中油井燃烧产生烟尘在全球扩散，一部分受西风带影响进入了青藏高原而在雪冰中记录下来。

谢树成由此成为高原雪冰微生物脂类与季风关系研究的第一人。

21世纪初，谢树成已取得了一些创新性成果，他因此获得了国家杰出青年科学基金的资助。他注意到，由于实验室的不断拓展与发展，空间显得有些拥挤。于是就给主管实验室的领导申请协调，希望能稍微拓展下实验室的发展空间。

但由于条件限制未能如愿，尽管其他单位为他开出了更优越的条件，谢树成却毅然决然地回绝，既没有抱怨，更没有向别人诉苦。"年轻人气盛，如果受不了这个气，可能就立马走了。"

"人生在世，总是要遇到些挫折，不能受了委屈就跑。"谢树成说。

2005年，谢树成及其团队围绕微生物与生物大灭绝，在国际期刊《自然》上发表了一篇文章。

本是一件值得庆贺的事，却遭到了一些权威科学家的批评。尽管创新的东西总是容易引起质疑，但年轻的谢树成还是感到一股巨大的压力。

尽管有扎实的科研数据做支撑，但是谢树成没有争辩。他不断地寻找证据证实，在国际权威期刊上陆续发表多篇论文，相继获得国际学者的认可和支持。

作为一名教育工作者，谢树成时常告诫学生敢于尝试，大胆探索未知。

2006级博士生朱宗敏在青藏高原进行磁学研究时遇到瓶颈，谢树成建议她回到长江中游开展洞穴石笋的磁学研究，朱宗敏出于惯性思维认为，石笋抗磁性很强，不可能做得出来，不愿意尝试。

在一次出差途中，谢树成和朱宗敏带着样品顺便去"别人家"的实验室做尝试，果然成功测出了结果。在他的指导下，朱宗敏继续深入研究，终于在国际权威期刊《美国科学院院刊》上发表研究成果。朱宗敏因在这一领域的开创性研究而入选了国家级人才计划。

在和学生交流时，谢树成经常提到"逆商"。现在有的学生一碰到逆境，就会选择逃避，甚至放弃宝贵的生命，在他看来这不是解决问题的办法。

"面对逆境，与好朋友交流互动是一剂良方。"谢树成认为，虽然时下高校非常重视心理辅导，但毕竟教育资源相对有限，"学生之间应建立互相交流的渠道，敞开心扉广交朋友，学习培育良好的关系，会帮助解决很多心理上的问题"。

谢树成观察到，当代大学生素质普遍较高，但因受"唯分数""唯绩点"的影响，同学间原本的互助关系被视为竞争关系，更加关注自我，这也导致遇到问题时不愿与他人交流。

结合李四光学院珠峰班建设经验，谢树成指出要在评价体系上下功夫，应注重"软环境"建设，"做好精神层面建设才能走得更远"。

"中国有句老话叫愈挫愈勇。"谢树成说，人生不可能一帆风顺，肯定会碰到逆境。以后遇到逆境了怎么办？"从现在起学会直面它，增强自己的逆商。"他常以人生经历鼓励青年学子，把挫折当作人生的宝贵财富，在逆境中锤炼面对困难的勇气、解决困难的意志力。

谢树成的实验室有句口号，"以小见大，微力无穷"。他这样解读：每个年轻人心里都有一团梦想之火。要保护好这一点微光，当无数缕微光聚在一起，就像微生物一样，一定可以为这个世界改变点什么。

（雷宇、胡林，2023年7月1日下午，武汉，中国地质大学谢树成院士办公室）

# 采访手记

## 年轻人当有『舍我其谁』的锐气

▶ 院士的大学时代——大地之子

对于刚刚步入社会的科研青年而言，每个人都不可避免会面临买房、结婚、成家、养娃、职称、科研等生活和工作的压力。年轻人内心的那团理想之火，怎样才能不被熄灭？一边是向现实妥协，一边是坚守理想，面对越来越"卷"的社会，竞争越来越激烈，年轻人该如何选择？

采访中，面对这一问题，谢树成院士用平日里爱看的武侠小说打了一个比喻鼓励年轻人，"要像武林高手一样，有勇气和胆量做天下第一人。一旦成功了，你就是开山鼻祖"。年轻人当有"舍我其谁"的锐气，要锐不可当。

回顾谢树成院士的过往，在理想之路上也曾一波三折。这位从浙江农村走出来的年轻人，高考时奔着国内重点学府，却因"发挥失常"，被参考志愿录取；上大学后原本学分析化学专业，阴差阳错被选进地球科学实验班；读研时立志研究古生物，导师指导他转向未知的生物成矿，白手起家建立实验室……但即便是面临人生的巨大转向，他都能从容应对，敢于挑战。

底气源自实力。日复一日地积累，才能练就"舍我其谁"的锐气。

在他的大学同学、室友、高中班主任等众多身边人的采访回忆中，这位院士青年时期的个性得以还原。大学时的周末，当众

谢树成院士

人忙着打篮球、玩扑克、出去玩时，他坚持去图书馆读文献看书；中学时英语底子不好，上大学后，他就坚持每天早上用录音机听英语，即便是出野外也没有忘记。等到此后命运要发生转向时，他不仅能顺利接住，而且往往超常发挥，拼出自己的人生新高度。

▲ 未来技术学院2021年上课

# 个人简介

　　谢树成，1967年10月出生于浙江龙游，地球生物学家，中国科学院院士，中国地质大学（武汉）教授、博士生导师。

　　谢树成于1989年从中国地质大学（武汉）毕业；1992年获得中国地质大学（武汉）硕士学位；1997年获得中国地质大学（武汉）博士学位；1997年至1998年在中国科学院兰州冰川冻土研究所从事博士后研究；1999年至2000年在英国布里斯托大学化学

系生物地球化学研究中心访学；2000年担任中国地质大学（武汉）地球科学学院教授；2005年获得国家杰出青年科学基金资助；2010年作为首席科学家主持国家重点基础研究发展计划（973计划）；2014年入选万人计划科技创新领军人才；2021年当选为中国科学院院士。

谢树成长期从事地球生物学研究，重点主攻地质微生物。

# 一问一答

问：如今许多大学生都或多或少存在一些心理问题，您怎么看？

答：我觉得大学生之间，要培育一些特别铁的关系，可以帮助你解决这些心理上的问题。这种铁哥们儿在一起，互相交流沟通，可能起到很大的作用。你有了问题，大家交流一下，倾诉一下，就想开了。大学的好朋友好兄弟，对自己的人生来说，是一笔巨大的财富。它对我们的事业看似没有直接的联系，但实际上让我们的整个人生，有了一种很好的状态。

问：大学期间有没有什么受益终身的学习方法？

答：我印象特别深，每个周末要去看期刊。拓宽自己的知识面很重要，除了课堂上老师教你的以外，你要去多看看这些课外的知识。

读研时，导师殷鸿福院士建议我从古生物转到生物成矿，我正好看了很多矿产方面的期刊。他一谈生物成矿，我就知道应该从哪个角度去入手，这个和知识面很有关系。而且我马上想起来，微生物是那些看不见的细菌藻类，源于我看了很多细菌藻类生物相关的文章，马上就可以用到。

有了无数新的触角，才能把握住新的方向和新的机遇。你没有这些基础，机会来了，你都不会往那上面去想，连接不上。一天到晚在那上课，看看手机，看看新闻，你可以从中获得一些，但是形成不了系统的知识。你去图书馆、去教参室看一本杂志、看一本书，你完全可以形成一个系统性的认识，这很重要。

问：在信息大爆炸的时代，为什么还要去读书？

答：尽管现在处于信息大爆炸时代，有很多获得信息的途径，但是往往获得都是碎片化的。要想形成一个系统性的认识，要去完完整整地读一本书。老师给你上课，就是要帮助你形成一个系统。多读书，这是最重要的。

比如我们研究的地球系统科学，我们看到的不仅仅是表层，表层生物学、大气层水圈等，实际上还有地球声波对表层的影响。停留在表层，就解决不了表层的问题。这需要系统性的知识，光靠平时的零散知识是没有办法做研究的。

问：如今的青年一代，会更加关注自我，不关注别人。您怎么看？

答：光看自己的学习，光要学分绩点，其他一概不管，这种同学之间的环境不太好。在成就自己的时候，一定要想办法帮助别人。只想着自己，不帮助别人，走不了多远。因为生态系统的金字塔决定了，你要站在塔尖，必须靠下面的支撑。你不帮助别人，人家怎么乐意来支撑你，这是很简单的道理。

问：您为什么要鼓励年轻人做从0到1的研究？

答：年轻人面临内卷，就是因为大家都不想去创新。某个领域做得好，大家都去做，最后实际上不利发展。从国家的需求，从个人的成长来讲，做从0到1的探索，它可以加速你个人的成长。在这个领域，如果你做成功了，你就是开山鼻祖，因为别人没有做过。要有这种胆量和决心，做天下第一人。

## 延伸阅读

### 亿万年前地球的秘密，我们如何解读

◎ 谢树成院士

生命与地球环境的相互作用和协同演化，造就了人们现在看到的丰富多彩的地球。而远古时期的地球环境信息，我们也能通过一种特殊的"信使"——地质微生物解读出来。地质微生物是什么？地球生物学是一门怎样的学科？我们专访到了中国科学院地学部院士、地球生物学家谢树成。

## 研究地质微生物有什么用？

问：您能向我们介绍一下什么是地质微生物吗？

答：用"地质微生物"这个词主要是为了区别于医学微生物、工业微生物等概念。

地质微生物有两类：一类是古代死的微生物，一类是现在活的微生物。

第一类是已经死掉的、地质时期的微生物，比如科学家从石头中发现的；第二类是现在还活着的、参与地质作用的微生物，比如很硬的石头最后风化变软了，在风化过程中一些现代微生物就会起作用。

地质时期的微生物和我们常说的现代微生物还有其他一些区别，比如两者的研究技术方法不同。

现代微生物可以用分子生物学方法进行研究，比如利用核酸（RNA、DNA）、蛋白质去开展研究。但是地质历史时期的微生物大多不能遗留下核酸、蛋白质了，所以必须用另外的技术方法，比如针对脂类进行研究。通过脂类可以很好地研究地质历史时期的微生物。研究这种微生物的目的是要看微生物在地质过程中发挥的作用，例如它可以形成金属矿、油气等资源，也可以反映气候环境的变化。

问：地质微生物跟矿产有什么样的关系？

答：地质上的成矿作用，涉及物理过程、化学过程，还有生物过程。生物过程中比较重要的是微生物过程。比如有些矿是通过微生物作用富集起来，使得元素的含量从低到高，慢慢积累变成矿。例如很多沉积型的铁矿、磷矿，甚至砂金矿等，都和微生物的作用有关系。除了金属矿产，油气等能源实际上也是微生物的产物。

除了成矿以外，微生物还可以用来寻找矿床。当地下有金属矿床时，地表土壤的金属含量会出现异常，并引起微生物群落发生变化，因此矿区土壤的微生物群落和周围土壤就会有差异，根据微生物群落的变化就可以找矿。国际上已经有很多研究了。

矿石开采出来以后还要冶炼。在提炼的过程中，微生物也可以起作用。微生物可以把矿石里面的矿物破坏掉，让有用的元素释放出来，这样容易提取出来，这一过程叫微生物选矿或者微生物湿法冶金。

所以微生物在成矿、找矿、选矿方面都很有用。

## 微生物，是"亿年温度计""亿年湿度计"

问：您是怎么想到用地质微生物来研究气候变化的呢？

答：生物和环境的关系十分密切，生物的变化往往响应了一定环境条件的变化，可以根据生物的变化来反映环境变化，微生物也不例外，这是最基本的原理。在所有生物里面，微生物对气候环境的变化应该是比较灵敏的，因为它们大多是单细胞生物。一个地区的气候发生微小变化时，微生物就可能发生很大的变化，因此用微生物来反映气候环境是有一些优势的。

以前国际上研究得多的是用微生物来反映温度变化，比如某

谢树成院士 ◀

▲ 在中石油勘探会议上

个地质历史时期的温度是多少，可以用微生物的指标计算出来。不过气候有很多因子，除了温度以外，实际上干湿状况也是很关键的因子，但是国际上一直没有在微生物方面找到一些衡量干湿状况的指标。所以我们这几年一直在这方面努力，建立了一些微生物指标来反映干湿古气候的变化或者古水文条件的变化。

问：有人把地质微生物称为"万年温度计"，通过"分子化石"能得到温度信息，分子化石又是什么？

答：在地质历史上保存下来的脂类化合物，以有机分子形式作为一种化石保存下来，因此被称为分子化石。用微生物来反映温度、干湿状况，实际上是用微生物遗留下来的脂类化合物。不同微生物的脂类化合物的相对含量变化、相同微生物的脂类含量以及结构的变化都能反映温度或者干湿状况的变化。

环境温度的变化首先会影响微生物的细胞膜，而细胞膜的变化可以体现在脂类上。微生物的细胞膜就相当于我们人的皮肤，所以微生物的细胞膜最容易感受到外界气候环境的变化，也就是脂类最容易响应气候环境的变化。

只要有了这些微生物指标，科学家就可以研究某个地质历史时期的干湿状况。我们可以利用湖泊沉积物、土壤，甚至洞穴石笋等地质载体里的微生物，只要能检测出这些微生物的脂类，并计算相关的指标就可以用来研究干湿状况。这是我们团队在国际上做得比较有新意的工作。

地质微生物不仅是"万年计"了，还可以做到上亿年。

## 二叠纪—三叠纪的生物大灭绝是怎么回事？

问：您获得国家自然科学奖的一项成果是"解开了地球生物

大灭绝的秘密",请问这个秘密是什么呢?

答:这个成果主要是针对二叠纪—三叠纪之交生物大灭绝的。说"解开秘密"有点过了,我们的工作实际上为理解这次生物大灭绝过程提供了一些答案。

之所以说"生物大灭绝的秘密",是因为有关生物大灭绝的很多东西并不清楚。第一个是生物怎么灭绝的。因为有各式各样的生物存在,但人们却不清楚这些不同的生物到底是怎么灭绝的。第二个是什么因素导致生物灭绝。第三个是生物灭绝后生态系统又是如何复苏的。这是三个很重要的难点问题。之前的研究主要是针对生物本身,特别是宏体生物化石。我们把和生物有关的环境因素也考虑进去了,包括海洋环境、气候状况(温度、干湿状况等)等。

比如利用微生物的变化,我们发现这次生物大灭绝是分两幕出现的。以前一些科学家认为生物是一下子突然灭绝的(一幕),但是我们发现是两幕,而且这两幕间隔的时间还比较长。这种从一幕到两幕的变化,意味着生物灭绝的原因可能也不一样。

以前的"一幕"说,一些学者猜测灭绝原因可能与外星体撞击有关,外星体撞击地球导致生物一下子灭绝了。但如果是间隔时间较长的"两幕",很可能和外星体撞击不一定有关系。后来我们根据地质微生物的分布情况等,提出实际上是地球内部的因素(比如火山爆发)导致的两幕式生物大灭绝。

实际上,在这次生物大灭绝之前,还有一个叫作生物小型化的过程。原来生物个体大小都比较正常,突然在灭绝之前个体变小了,因此叫小型化。生物在经历了小型化之后开始灭绝。搞清楚古代生物的这些详细灭绝过程,找出导致灭绝的原因,有助于预警和应对现代地球生态系统的危机。

▶ 院士的大学时代——大地之子

## 从化学到地质，有什么故事？

问：您大学最开始是应用化学专业的，是怎么转到地学研究上来的呢？

答：我现在的研究方向地球生物学，是地质学下面的一个二级学科，属于地球科学和生命科学的交叉学科。从化学转到地球生物学可以说是件很偶然的事情。

我1985年进入中国地质大学（武汉）开始读本科的专业是化学。入校以后，学校专门要成立一个地球科学实验班，进行教学改革。从当年入校的1300个新生中挑选出30名学生组成一个班级，挑选过程需要经过面试、考试等环节。我一时兴起就去报名考试了，最后居然考上了。所以我就从化学专业转到了地球科学实验班，从那时开始进入地质学的学习和研究。

问：在您这么多年的地质学研究过程中，有什么难忘的故事？

答：我说一个非常深刻、难忘的经历吧。1997年，我在中国科学院兰州冰川冻土研究所做博士后，要去青藏高原海拔7000米打冰芯进行气候研究。当时导师姚檀栋院士因担心我的身体而不太同意我去，因为我之前从来没上过青藏高原。因机会难得，我最终说服姚老师让我去了。我们住在海拔5800米的二号营地，每天要上到7000米的地方采雪，还要赶在太阳下山之前把背下来的雪在二号营地融化掉，以便把雪冰里的有机物提取出来。

有一次，晚上雪下得很大，把前一天走的路全都盖掉了，根本不知道哪里有冰裂隙。我一个人去采样，走着走着就掉进了一个冰裂隙，好在我背了一个很大的采样桶，所以卡住了，没有掉进更深的裂隙里。我自己慢慢爬出冰裂隙之后，感觉腿都软了，坐在原地不敢动了，直到大部队过来才一起再上7000米处取样。

搞地质的人肯定有很多终生难忘的幸福故事，毕竟无限风光在险峰！当然，现在搞地质工作的条件要好得多。

## 从0到1的工作

问：在您的研究领域，碳中和带来了怎样的挑战和机遇？

答：地球上的生命都是碳基生命。有些微生物是碳源，产生二氧化碳、甲烷等温室气体。有些微生物则起碳汇作用，能够吸收和转化这些气体。不同微生物对碳循环的作用是不一样的，甚至是完全相反的。地质微生物与碳中和的关系因而很复杂，所以现在很多人在开展这方面的研究，研究哪些微生物在什么条件下可以通过碳循环对气候起正反馈作用，在什么条件下又能起到负反馈作用，这些工作对碳中和特别重要。因此，地质微生物或者地球生物学可以为碳中和做出很大的贡献，是双碳目标特别需要关注的学科领域。

问：从刚走入这个研究领域到现在，您觉得中国科学家有哪些重磅的成果？

答：我觉得比较有影响的有几个方面：

第一，和国际同行一道，推动地球生物学这个学科的发展。很多中国科学家在开拓地球生物学学科的过程中起到了重要作用，是国际上的一支领导力量，这一点无论是对学科的建立、发展，还是对人才培养、科学研究都特别重要。比如我的导师殷鸿福院士在这方面做出了很大的贡献。

第二，有很多科学家在从事微生物参与地质作用过程的研究（比如成矿、找矿、选矿），也已经应用到了实践中。

第三，利用微生物来反映地质历史时期温度、干湿状况等气候环境的变化，包括我们在内的中国科学家在这方面做了一些工作，提出的一些方法、指标被国际学术界所应用来解决实际地质问题。

问：您现在的研究方向里包括地质病毒，这是个很新的概念，是不是指冻土解冻之后释放的病毒？

答：冻土解冻之后释放的病毒可能是古病毒，国际上有人提出过古病毒学的概念并做了一些研究工作，主要从分子生物学角度开展研究。地质病毒应该是比古病毒的年代还要久远，特别是以各种形式保存在岩石中的地质时期的病毒或者遗迹，难以用分子生物学开展研究。我们关注的不仅仅是它们能够保存的地质记录，更重要的是它们会对地质环境产生什么作用，即地质病毒怎么影响地质过程。

问：怎么找到地质病毒？

答：想要找到病毒必须有很好的技术手段。比如新冠病毒，我们通过核酸检测就可以确定它是否存在。但是地质病毒没有核酸和蛋白质遗留下来，大部分病毒连脂类也没有。针对这种情况，我们需要想一些另外的办法。我有2个博士生在尝试做地质病毒的探索，他们在做一些努力，希望等他们毕业时我们会取得成功，这是一个很有挑战性的工作。

我更喜欢学生做从0到1的工作。一些学生更愿意做从1到10的工作，是因为从0到1的工作风险很大而且不可预料。我和学生说，不用担心，肯定会有好东西出来；虽然不确定能不能达到我们预想的目标，但是肯定会有新的东西出来。因为你做的东西不一样，你的想法和思路都不一样，肯定会有新的东西出来。

（来源：科学大院，2022-12-23，https://mp.weixin.qq.com/s/gDADk-RsuwHB60CS9-CLrNA）

# 新时代院士榜样教育与大学生价值引领创新研究调查报告
## ——基于全国万名大学生的问卷调查分析

伟大时代呼唤伟大精神，崇高事业需要榜样引领。作为我国科学技术界的杰出代表，两院院士是国家的财富、人民的骄傲、民族的光荣，是新时代榜样精神的集中体现和卓越代表，更是新时代大学生奋斗征途的引路人和社会风尚的引领者。大力弘扬和践行我国院士胸怀祖国、服务人民的爱国精神，勇攀高峰、敢为人先的创新精神，追求真理、严谨治学的求实精神，淡泊名利、潜心研究的奉献精神，集智攻关、团结协作的协同精神，甘为人梯、奖掖后学的育人精神，教育和引导新时代大学生自觉对标以院士为代表的榜样典范，将个人成长融入国家命运的家国情怀，涵养伟大梦想、积蓄斗争精神、展现自信自强，不断增强新时代新青年的志气、底气和骨气，树立为祖国为人民永久奋斗、赤诚奉献的坚定理想信念，是党和国家培育时代新人的历史使命和时代重托。

## 一、调研基本情况

调查研究是谋事之基、成事之道，没有调查就没有发言权，没有调查就没有决策权。课题组自2022年9月成立以来，各司其职、分工协作，按计划推进课题实施，一方面着手对全国数十位两院院士开展一对一深度访谈，收集整理访谈材料，另一方面面向全国在校大学生开展调查研究。为深入把握当前大学生对院士榜样教育价值引领作用的认知和实践情况，课题组依托中青校媒和湖北校媒及相关微信公众号，面向全国在校大学生开展了问卷调查。本次调研涵盖全国34个省（自治区、直辖市、特别行政区）及海外地区（澳大利亚），总计超过470所高校的一万余名在校大学生参与了问卷调查。调查问卷共计回收有效电子问卷10095份，在有效样本中，男性占42.41%，女性占57.59%；大学本科在读占61.83%，硕博研究生在读9.52%，职业院校在读占28.65%；理工农医类专业占46.81%，人文社科类占33.35%，艺术体育类占11.7%，其他专业占8.14%。

调研显示，新时代大学生对院士的关注度、认同度和期许度非常高，认为以广大院士为代表的科学家们在强国建设、民族复兴的新征程中树立起一座座科技创新丰碑，铸就了独特的中国科学家精神气质，为新时代大学生的主体意识、认知方式、行为规范和价值取向提供了具象化的价值观念和精神品质。在以科技现代化助推中国式现代化的历史进程中，如何继续赋予两院院士所承载的科学家精神以新的时代内涵和特质；新时代大学生如何继续谱写铸就新的科学文化和科学精神篇章；如何在中国科学家精神的国内国际传播中，讲好中国科学家故事、促进中国科学界与新时代大学生的交流对话；如何提升中国科学界的国内国际影响力和话语权，汇聚起新时代强国建设、民族复兴的磅礴精神力量；这些问题将成为本课题组亟待研究和解决的重要课题。

## 二、调研结果研究

文化是一个国家、一个民族的精神命脉和灵魂。100多年来，中国共产党弘扬伟大建党精神，形成了中国共产党人的精神谱系，成为中华民族的宝贵精神财富。以中国广大院士为代表的科学家精神植根于科学家的科学实践，是科学精神和科学文化在科学家群体中的集中体现，在中国站起来、富起来和强起来的历史进程中不断丰富和拓展，成为中国共产党精神谱系和中国精神的重要组成部分。新时代大学生要继承爱国、创新的光荣传统，在创新实践中弘扬以"爱国、创新、求实、奉献、协同、育人"为鲜明特征的新时代科学家精神，在全社会推动形成讲科学、爱科学、学科学、用科学的良好社会氛围，就要自觉对标两院院士，牢记初心使命，坚定理想信念，不断增强实现中华民族伟大复兴的精神力量。

### （一）新时代大学生对我国院士基本情况的研究

1.新时代大学生对我国院士群体的关注颇为密切

院士是中国在科学技术方面的最高学术称号，代表着国家在特定科学技术领域的权威和领军人物。在中华民族伟大复兴的征程上，一代又一代科学家心系祖国和人民，不畏艰难，无私奉献，为科学技术进步、人民生活改善、中华民族发展作出了重大贡献。调查显示，在回答"我对院士的大学时代是否感兴趣"这个问题时，有89.49%的大学生表示非常感兴趣或比较感兴趣，6.86%的人回答有一点感兴趣，只有3.65%的在校大学生表示完全不感兴趣。在回答"我是否了解我国两院院士"这个问题时，有49.56%的大学生认为自己非常了解或比较了解，有31.83%的大学生认为了解一些情况，有18.61%的大学生认为自己了解甚少或者完全不了解。在"我是否会主动了解院士是如何度过大学时代的"这个问题时，有51.94%的大学生表示会主动了解，有42.7%的同学表示想了解但是不知道了解的方式途径，只有5.36%的在校大学生表示完全不想了解。以上数据充分说明新时代大学生对院士群体的关注度和兴趣度非常高，但是对院士了解的广度和深度还不够，缺乏对院士工作生活及院士精神相关内容的观照，一定程度上说明我国对院士榜样教育的宣传力度还需进一步普及强化。

2.新时代大学生对我国院士精神的认知特质鲜明

科学成就离不开精神支撑。科学家精神是科技工作者在长期科学实践中积累的宝贵精神财富。新中国成立以来，广大科技工作者在祖国大地上树立起一座座科技创新的丰碑，也铸就了独特的精神气质。院士精神是蕴含爱国主义、科技创新、求实向上、甘愿奉献、协同合作和科学育人等科学家精神内核的集合体，是当代人文精神与科技精神的融会贯通和统一诉求，蕴含着极为宝贵的精神财富，已经成长为一种特殊的文化意识形态。在校大学生在回答"我认为院士群体和我的现实距离和心理距离是否遥远"这个问题时，有48.89%的人认为并不遥远，有45.04%的人回答有一些遥远或者距离，6.09%的人则认为非常遥远。在回答"我认为大学时期的院士和我是否有很多共同经历"时，47.13%的人认为有很多共同经历或相似经历，33%的人认为有一些相同的经历，14.59%的人回答几乎没有，5.28%的人回答完全没有。在回答"我认为院士大学时期的经历和选择在当下是否依然有借鉴意义"这个问题时，70.79%的大学生认为非常有意义或者有很大意义，22.15%的大学生认为有一定意义，只有7.06%的大学生认为没有意义。调查显示，绝大多数的在校大学生都认为院士大学时代的经历和选择对于自己的人生观和价值观意义重大，院士精神对培养新时代大学生的政治素质、科学素质、人文素质和思想道德素质具有十分重要的理论和实践意义。但是，受访大学生对院士的大学生活和成长历程缺乏必要的了解，非常渴望通过最直接、最真实的院士光荣事迹、动人故事以及人生经历来汲取宝贵的感悟和经验。

3.新时代大学生对我国院士故事的分享热情高涨

一代又一代科学家怀着深切的爱国主义情怀,凭借深厚的学术造诣、宽广的科学视角,为祖国和人民作出了彪炳史册的重大贡献。祖国大地上一座座科技创新的丰碑,凝结着广大院士的心血和汗水。在科学领域,"干惊天动地事,做隐姓埋名人"的民族英雄比比皆是,他们为实现建成社会主义现代化强国的伟大目标、实现中华民族伟大复兴的中国梦,提供了强劲的智力支持和精神动力。讲好中国院士故事,弘扬科学精神,激励青年一代踔厉奋发,勇毅向前是永恒的主题。在回答"我是否会模仿和实践院士大学时期的选择"时,50.08%的大学生表示非常愿意亲身实践和效仿借鉴,34.67%的人回答要根据实际具体情况具体分析,15.24%的人回答不会效仿或很少效仿。在回答"如果我们寻访院士的大学时代,我是否愿意将相关报道或刊物分享给身边的同学和好友"这个问题时,有65.21%的大学生表示非常愿意或者大力推荐和分享,26.26%的人表示要根据报道或刊物的内容来作出决定,5.63%的人表示比较少分享,仅有2.9%的人表示不会分享。调查显示,绝大多数的在校大学生都表示会在学习和生活中效仿和参考院士的人生经验,也会主动跟同学、朋友和家人分享院士的故事和事迹,但是目前能接触到的关于院士尤其院士群体大学时代优秀鲜活事例的书籍、报刊、视频、影像等资料相对较少。

## (二)新时代大学生对我国院士榜样引领的研究

1.院士榜样引领的首要内容——厚植家国情怀,建功报效祖国

"新时代更需要继承发扬以国家民族命运为己任的爱国主义

精神，更需要继续发扬以爱国主义为底色的科学家精神。"科学无国界，科学家有祖国。具有强烈的爱国情怀，是我国两院院士的首要标准和共性特质。院士最大的科研动力来自对国家、民族怀有真挚的情感，来自正确的人生观价值观和强烈的社会责任感，想国家之所想，急国家之所急，服务国家发展大局。这种爱国精神和报国志向与生俱来、生生不息，体现在留学科学家毅然回国的无悔选择中，体现在投身"两弹一星"事业的默默奉献中，体现在一代代科研工作者"将论文写在祖国大地"的生动实践中。老一辈院士在科学研究中有着科技报国的远大理想，不慕名利的崇高站位，一贯坚持国家利益为先，人民利益至上，无畏牺牲自己，不计个人得失，处处体现无私奉献的精神品质。在国内急需大量地质人才的关键时期，成绩优异的殷鸿福院士毅然决然选择投身矿产资源勘探专业，响应"为祖国找矿"的号召，用70年时间，诠释了他的人生选择——"以自己能终身做一个地质工作者给祖国服务感到幸福和自豪"。"搞地质的人，野外是第一实验室"成为殷鸿福70年来始终坚守的信条。1985年，为寻找确定地层年代的"金钉子"，50岁的殷鸿福带病攀登海拔4000多米的岷山，因体力不支摔倒在乱石中，造成膝盖粉碎性骨折。然而，仅经过一年多的医治和休养，他又重新奔波在地质科考的路上。殷鸿福院士对同学们谆谆嘱托道："野外很苦，但想想祖国的需要，想想自己对地质事业的热爱，方能苦中作乐，化苦为乐"。

2.院士榜样引领的重要支点——坚守道德典范，潜心研究学问

"善学者尽其理，善行者究其难。"广大院士勇攀科学高峰，敢为人先，追求卓越，努力探索科学前沿，发现和解决新的科学问题，形成新的前沿学派，攻坚克难、集智攻关，坚守学术道德和科研伦理，践行学术规范，涵养风清气正的科研环境，培育严

谨求是的科学文化。"实事求是得真知",是科学研究工作者执着坚守的治学初心,也是两院院士群体的共同特征。这种勤奋刻苦、严密谨慎、严格细致的精神,充分体现在他们克服困难、不惧艰险的求学途中,体现在他们精益求精、一丝不苟的科研探索中,体现在他们穷尽一生对真知、真理的无畏追寻中。老一辈院士是科技精英,也是道德模范。潜心钻研的优良学风、奉献牺牲的高尚情操、矢志创新的敬业态度都沉淀于院士的奋斗精神中,具有极强的教化力与感染力。谢树成从一位浙江农村的少年成长为中国科学院院士,从事科学研究期间,他八年间两度问鼎国家自然科学奖,获得国际有机地球化学领域最高奖,成为该奖项设立45年来,首位获此殊荣的华人科学家。时至今日,谢树成院士坚持认为在信息大爆炸时代,系统的、大量的阅读弥足珍贵。求学时期,每到周末,同学们或外出游玩,或参加舞会,谢树成则一头扎进教参室阅读外文期刊,极大地拓宽了知识面。多年后回首,谢树成认为这是大学期间收获的最重要的学习方法,"宽广的视野决定了成才的方向"。他寄语青年一代:"人类个体就像微生物一样,微观尺度的努力往往能够积聚出宏观尺度的力量。"

3.院士榜样引领的关键环节——启迪灵性思维,激发创新潜能

科技是国家强盛之基,创新是民族进步之魂。创新是科学技术发展的灵魂,是引领发展的第一动力,也是院士精神的本质特征。勇于创新、不断创新,是两院院士实干报国、奋斗圆梦的根本途径。从"两弹一星"到"天眼"探空、神舟飞天、墨子"传信"、高铁奔驰、北斗组网、超算"发威"、大飞机首飞等,一批批"国之重器"成功书写了科技创新的绚丽华章。每一次技术的革新都需要科学家"敢为天下先"的坚定信心,需要不断突破前人成果,不断拓展科学技术的广度和深度,勇于提出新的概念、理论和方法。

创新精神也是大学生主动、自发转化学习成果，拓展自身能力的关键品质，需要从小培养、呵护成长。多年来，两院院士怀着"敢为天下先"的价值追求，竭力推动科学技术革新发展，书写了一段段紧跟时代步伐、勇立时代潮头的争先故事。"杂交水稻之父"袁隆平院士是当之无愧的杰出代表，他以勇于担当的态度和姿态去迎战困难，用自主创新的思维方式化解矛盾，在"中国人的吃饭问题上"始终坚持"亮剑"精神，其科研创新的能力、工作务实的态度、淡泊名利的品格感动着一代又一代中国人。作为捧回国际数学地质最高奖"克伦宾奖章"的亚洲第一人，今年93岁高龄的赵鹏大院士用"了解形势，开阔眼界，增长知识，激励斗志"十六字来形容大学期间听取各类跨学科讲座的收获，他从不拘泥于已有学术的束缚，善于在融合之后形成自己的新思维新观点。

（三）新时代大学生对我国院士榜样教育的研究

1.大学生重点关注之一——院士的人生规划和专业选择

"科技创新，贵在接力。"科学事业是接力事业，建设创新型国家需要一代又一代人接续奋斗，只有薪火相传才能拾级而上、登高望远。院士是科技界和教育界不可多得的宝贵史料和育人教材，对于教育和引导广大在校大学生树立正确的人生观价值观，激励社会各界贯彻新发展理念、建设创新型国家，具有十分积极的意义。院士们治学为师、奉献人生的图景，应该成为新一代大学生的人生教材，帮助在校大学生领略追求真理、严谨治学的科学精神，领悟爱国奉献、造福人民的价值观念，从而循着大师的足迹不断向前。问卷调查显示，大学生在回答"你在大学期间遇到的主要困惑有哪些？"时，排名前五的分别是：第一，如何找准人生方向（73.39%）；第二，学业和课余生活的平衡（60.71%）；

第三，选择投身科研还是工作赚钱（46.02%）；第四，如何抵制诱惑（如网络游戏）（42.63%）；第五，人际关系的处理（40.35%）。大学生在回答"如果我们寻访院士的大学时代，你对哪些话题更感兴趣？"这个问题时，排在前五的分别是：第一，院士的专业选择（48.92%）；第二，院士的兴趣爱好（45.98%）；第三，院士的学习方法（40.72%）；第四，院士的恋爱故事（29.29%）；第五，院士遇到的困惑迷茫（18.21%）。如何做好人生规划和专业选择是新时代大学生最关注的问题之一，李曙光院士就认为，兴趣是可以后天培养的，他从"害怕考试"到"逆袭"的求学经历锻造了他艰苦朴素、吃苦耐劳的品格，成长为从不"开夜车"的科大学霸，为大学生树立了人生选择的典范。

2.大学生重点关注之二——院士的科学研究和学习方法

"善学者尽其理，善行者究其难。"广大院士既是学术道德的楷模、严谨治学的表率，也是坚守科研伦理、践行学术规范的行家里手；既是勇攀科学高峰，敢为人先，追求卓越，努力探索科学前沿，发现和解决新的科学问题的先行者，也是攻坚克难、集智攻关，瞄准"卡脖子"的关键核心技术难题，带领团队作出重大突破的领路人。让学术道德和科学精神内化于心、外化于行，培育严谨求是的科学素养是广大院士的毕生追求。调查显示，大学生在回答"你认为当今大学生可以从院士的大学时代中获得什么？"这个问题时，排名前五的分别是：第一，获得成长经验（65.43%）；第二，掌握学习方法（61.88%）；第三，借鉴人生选择（35.63%）；第四，领略学术前沿（34.85%）；第五，启迪科研兴趣（30.41%）。在回答"关于科研方面，你有何困惑？"这个问题时，排名前五的是：第一，自身科研能力不足，找不到感兴趣的科研方向（70.43%）；第二，想尝试创新，但个人发展要求成果发表，陷入两难（59.41%）；第三，论文难以发表，有毕业难题（45.19%）；第四，导师放养式管理，得不到有效指导（30.55%）；第五，被迫为导师处理烦琐事务，科研时间被挤（18.18%）。谈学习搞科研，关键就是要较真，需要有"钉钉子"的不服输精神。樊明武院士今年已八十高龄，却自称"80后"，作为我国"核工业65周年功勋人物榜单"最年轻的一位科学家，他认为，人生就是要为祖国做大"矢量的模"，无论修灯泡、铺电缆，还是搞科研，樊院士都把"做到极致"视为自己的座右铭，为大学生做出了"学一行干一行，干一行爱一行，爱一行精一行"的榜样示范。

3. 大学生重点关注之三——院士的人际关系和社会交往

"苦干惊天动地事，甘做隐姓埋名人。"新中国成立以来，我国许多优秀院士不畏困难、不慕虚荣，为科学事业舍身探索，为国家民族鞠躬尽瘁，为造福人类无私奉献，犹如一座座丰碑，令人敬仰。科学是持之以恒的事业，只有静心笃志，肯下"十年磨一剑""甘坐冷板凳"的苦功夫，才有可能创造出一流科研成果。受访大学生在回答"结合自己的大学成长经历，写出一个你最想向院士提出的问题"时，其中个性化问题多达千个，主要涉及人生规划、方向选择、科研学习、人际关系、困难挑战、迷茫困惑等关键词，其中关于人际关系和人际交往的问题备受瞩目。诸如"如何平衡学习与生活的关系？""如何正确处理与导师和同学之间的人际关系？""如何解决内卷和情绪焦虑问题？""遇到极大的挫折怎么纠正自己的心态？"等涉及社会人际关系交往和处理的问题，是现在众多大学生特别是研究生群体的共性问题。在与众多院士的访谈交流过程中，课题组发现他们都具有两个共同的品质：一个是乐于助人、无私奉献的团队协作精神；另一个就是不怕挫折、勇于挑战的斗争精神。淡泊明志，宁静致远。坚持

"只有帮助别人，才能成就自己"的人生信条，人生之路才能不怕困难、拾级而上、越挫越勇、登高望远。

## 三、调研现实挑战

国家的前途、民族的命运、人民的幸福，是新时代大学生必须和必将承担的重任。每个大学生都应该珍惜这个伟大时代，不断修身立德，打牢道德根基，在人生道路上走得更正、走得更远，做新时代的奋斗者。院士的家国情怀、责任担当成为在校大学生心中的标杆和榜样。新时代大学生对院士榜样教育的价值引领作用关注度高、认同感强，对祖国的前途命运和自身的发展规划非常关心，愿意投身到社会主义现代化建设中去发展经济、报效祖国。在校大学生对理想信念的追求更加务实，不愿避开物质空谈精神、离开经济空谈政治、脱离现实空谈理想；不愿夸夸其谈、好高骛远，更加注重实干、追求实效。但与此同时，在社会主义市场经济条件下，随着经济全球化进程的日益深入，在后疫情时代的应激连锁反应等客观因素的影响下，各种错误文化思潮、腐朽思想文化以及西方敌对势力意识形态领域的渗透，都对当代大学生的思想观念不断产生冲击和影响。随着互联网的迅速发展，各种信息海量涌入，如何筛选对错、判断是非，成为一项极为复杂困难的工作。从本次问卷调查可以看出，在回答"你认为当今大学生可以从院士的大学时代中获得什么？"这个问题时，选择"激发报国热情"的大学生只占到14.57%，出现了一定程度的理想危机，具体表现为：一是一小部分大学生已经滋生出拜金主义、享乐主义、利己主义和极端个人主义的思想，以自我为中心、奉行个人主义，出现"精致的利己主义者"现象。二是少数大学生不同程度地存在政治信仰迷茫，理想信念模糊，价值取向偏离，诚信意识淡薄，社会责任感缺乏，艰苦奋斗精神淡化，团结协作观念较差，心理素质欠佳等消极现象。在问卷设置的开放式问答中，"迷惘""困惑""躺平""诱惑""无聊""停滞""挫折""失败"等负面词汇频频出现，需要引起社会的关注和反思。三是一小部分大学生片面追求享乐，缺乏自制力，沉迷于网络游戏，旷课逃课和考试作弊现象频出，意志消沉，精神空虚，行为失范，甚至走上违法犯罪的道路。因此，在当前各种思想文化相互激荡、各种社会矛盾相对集中的敏感时期，迫切需要加强大学生理想信念教育，提高大学生明辨是非的能力，摆正大学生个人成长的历史方位，不断强化院士榜样教育的示范作用和价值引领，丰富创新院士榜样教育的内容和形式，大力倡导弘扬新时代院士精神，为培育大学生奋斗不止、自强不息的精神品质创造有利氛围和条件。

## 四、调研对策研究

一代人有一代人的长征，一代人有一代人的担当。锚定第二个百年奋斗目标，新时代大学生要勇立时代潮头，勇担时代使命，秉持国家利益和人民利益至上的原则，继承和发扬老一辈院士胸怀祖国、服务人民的优秀品质，弘扬科学家精神，在服务国家需要、引领时代发展中展现科学研究的价值。新时代院士榜样教育肩负着新的时代使命，面临着新的时代挑战。

### （一）院士榜样教育的根本途径——利用多方教育资源拓展协同育人平台

大力弘扬以广大院士为代表的科学家精神，在全社会形成尊重知识、崇尚创新、尊重人才、热爱科学、献身科学的浓厚氛围，能够进一步鼓舞和激励广大科技工作者，争做重大科研成果的创造者、建设科技强国的奉献者、崇高思想品格的践行者、良好社会风尚的引领者。调查显示大学生在回答"你通常从哪些渠道了解到院士的信息？"这个问题时，选择"网络、电视等视讯设备"的占79.59%，选择"报纸、图书等纸质媒介"的占64.93%，选择"师长、朋辈等沟通交流"的占51.63%，选择"其他"的占15.65%，说明大学生获取院士相关信息渠道比较单一，视频和图书是主要方式。在回答"你期待院士寻访成果以怎样的形式呈现？"这个问题时，选择"各类视频"的人占75.3%，选择"书籍、报刊"的人占39.52%，选择"新媒体产品"的占37.73%，选择"广播"的占12.68%，说明大学生主要通过视频、书刊以及新媒体等方式作为院士榜样教育的信息渠道。为此，我们需要在前期访谈和调查问卷的基础上构建科学的、系统的、多元主体协同的对策措施和实践路径，遵循在校大学生的个性特点与身心发展规律，在浸润融入中让院士榜样教育落地生根，真正发挥价值引领的重要作用。一是注重顶层设计。各级党委和政府要为院士榜样教育价值引领培育创造良好的环境和条件，特别是各级共青团组织要发挥桥梁和纽带作用，利用大学生喜闻乐见的方式方法进行院士榜样教育的示范引导。二是强化责任到位。各级教育主管部门应加强对大学生以院士精神为内核的培育工作规划，高校要发挥沟通和衔接作用，协调家庭、社会中的各类资源，引导大学生培养科学精神、激发科学兴趣、提升科学素养；家庭和个人应重视对科学素养的培育，通过家风、家教传承等启发大学生对院士的热爱与好奇心；科协、科研单位、企业等社会机构应与高校加强合作，以参与、互动、体验等形式开展多样化的教育活动；

广大院士及科技工作者应积极参与榜样教育各类活动，为大学生作出表率的同时引导大学生懂学、愿学、爱学、乐学，发挥榜样示范以及识才、育才的导师作用。

**（二）院士榜样教育的主要渠道——完善教育课程内容融合课堂育人手段**

作为强国复兴的生力军，大学生是抢占世界科技竞争和未来发展制高点的有生力量，是实现中国梦的重要力量。院士榜样教育的关键在高校，重点在课堂。要充分发挥科技是第一生产力、人才是第一资源、创新是第一动力的结合点作用，深入贯彻科教兴国战略、人才强国战略、创新驱动发展战略，坚定走人才自主培养、科技自立自强之路。一是要充分发挥"大思政课"的融合效应。构建"大思政"课程体系"点线面体"的基本思路，改善"实体课堂"的育人环境，优化"虚拟课堂"的育人空间。二是要坚持课堂教育规律性和原则性相统一。充分发掘课堂教育的主渠道作用，教育大学生聚焦储备科学知识、精进科学技术、涵养科学精神。教育大学生专注于学习中心任务，贯通课堂教学、科学研究、社会实践等环节，使自身的科学知识、专业技能、思维视野紧跟时代、紧贴需求，为青年学生投身伟大事业打牢基础。坚持政治性和学理性相统一，价值性和知识性相统一，建设性和批判性相统一，理论性和实践性相统一，统一性和多样性相统一，主导性和主体性相统一，灌输性和启发性相统一，显性教育和隐性教育相统一原则，实施多元主体主动介入，多元媒介积极整合，不断完善教育内容，丰富育人手段。三是要树立"跨界思维"和"迭代思维"。及时根据我国院士和大学生不断变化发展的需求和身心实际，调整院士榜样教育的内容、情境和方式方法，优化内容更具时代性，强化平台更具操作性，完善主体更具交互性。教育青年学生走出校园"象牙塔"，走进社会"大课堂"，投身高质量发展"主战场"，致力于研究和解决世界科技前沿、国家重大战略需求等真命题，坚持知行合一、学以致用，努力把论文写在祖国大地上。

**（三）院士榜样教育的重要内容——丰富教育主题活动强化实践育人机制**

院士榜样教育在大学生群体中扎根需要以实践活动为依托，在实践过程中形成对院士精神的认同和接受，在活动过程中体会、感悟和涵养院士的优秀品质和道德风尚。一是突出主题教育活动。围绕院士榜样教育，积极开展社会实践、志愿服务、公益活动，加强集体主义教育，引导大学生正确看待个人与集体、个人与国家的利益关系，将"小我"与"大我"紧密相连，积极构建和谐互助、团结奋进、共生共荣、守望相助的价值观念和朴素情感。在教育实践活动中融入科学家精神主题，例如党日团日等主题教育活动、"院士来讲开学第一课"、"院士专家讲科学"、"院士精神宣讲报告团"、"院士回母校系列主题沙龙"、寒假暑期社会实践活动、研学旅行等。要突出院士的文化浸润作用，开展高雅院士校园文化活动，培养具有崇高审美追求、高尚人格修养的高素质人才。二是强化实践育人活动。要引导大学生树立崇高的价值追求和人生理想，用脚踏实地的奋斗精神集聚勇立潮头的正能量。认识到"幸福都是奋斗出来的"，懂得脚踏实地方能行稳致远，明白实学实干才能进而有为。要加强学业学风教育，强化院士榜样引领，引导大学生坚定奋斗目标，潜心求知问道，提升实践动手能力，锻炼劳动精神，进一步激发担当精神和责任意识，在实践过程中磨炼自己的意志品质，化理想信念为具体的实际行动，为祖国建功立业奉献青春。三是坚持文化育人、以史育人。文化如水、润物无声，具有极强的浸润力、塑造力和影响力。加强"四史"教育，用好用活红色资源。深刻把握科学家精神中中华优秀传统文化的底蕴和内涵，陶冶情操、涵育德行、滋养心灵，教育大学生在人生拔节孕穗的关键期树立并自觉践行正确的人生观、价值观和世界观。

**（四）院士榜样教育的关键环节——讲好中国院士故事创新文化育人产品**

新时代新征程，中华儿女团结一致，共同向着建成富强、民主、文明、和谐、美丽的社会主义现代化强国这一目标而努力奋斗。讲好中国故事，增强文化自信。对于在校大学生来说，相对于班级授课、实践活动等教学形式，生动有趣的人生经历、逸闻趣事和文化产品的浸润更能够对他们的成长产生潜移默化的影响。一是深挖我国院士先进事迹，讲好中国院士故事。媒体应加强宣传引导，大力弘扬科学家精神，用好用活传统节日、红色资源等，充分发挥院士榜样教育意义，坚决遏制"泛娱乐化"和其他文化糟粕的泛滥、发酵。二是创新院士榜样教育文化产品。以舞台剧、网络短视频、文学作品、宣传画册、展览等多种形式，将院士访谈对话和活动内容进行整理，结集出版，打造面向市场的高端畅销图书《院士的大学时代》（手绘版），同时配套视频和音频。图书将打造湖北高校大学生读本品牌，以文化感染、教育、激励大学生，传递正确的价值观和人生观。三是将院士榜样教育融入高校校园文化。努力推动形成院士高校开学第一课、院士进校园巡回报告会等系列品牌活动，开展高校院士手绘故事展、院士成长音乐剧、以院士大学时代为主题的青年大学习等活动，打造丰富多彩的文化产品，营造崇尚科学、尊重科学的文化氛围，在耳濡目染中培育钻研品质，涵养院士精神。

奋斗的青春最美丽，拼搏的人生最精彩。作为实现中华民族伟大复兴中国梦的未来的主力军和生力军，新时代大学生应认清中国特色社会主义新的历史方位，牢记历史使命，不负人民所托，努力成为勇于担当、善于担当、乐于担当民族复兴大任的时代新人，在我国院士榜样教育的激励和引导下，继承和发扬科学家精神，树牢科技报国志，刻苦学习钻研，勇攀科学高峰，在推进强国建设、民族复兴伟业中绽放青春光彩，在为人民福祉挥洒青春热血、奉献无悔青春的进程中，书写人生更加灿烂的绚丽华章。

（策划组织：雷宇、胡林、徐周灿、朱可芯，湖北校媒

报告执笔：王美君、万青，武汉科技大学马克思主义学院副教授）

# 院士的大学时代（调查问卷）

你好！中青校媒（湖北）现面向全国各地的大学生朋友（包含各类高等院校的各学历层次）开展问卷调研。

一、大学生对院士的认知

本部分采用5级李克特量表，旨在调查您对院士群体的认知情况，各个数字代表题项与个人情况符合的程度，"1"表示完全不同意，"5"表示完全同意。

1. 我了解我国两院院士［单选题］*

完全不同意　○1　○2　○3　○4　○5　完全同意

2. 我对院士的大学时代很感兴趣［单选题］*

完全不同意　○1　○2　○3　○4　○5　完全同意

3. 我会主动了解院士是如何度过大学时代的［单选题］*

完全不同意　○1　○2　○3　○4　○5　完全同意

4. 我认为院士群体和我的现实距离和心理距离并不遥远［单选题］*

完全不同意　○1　○2　○3　○4　○5　完全同意

5. 我认为大学时期的院士和我有很多共同经历［单选题］*

完全不同意　○1　○2　○3　○4　○5　完全同意

6. 我认为院士大学时期的经历和选择在当下依然有借鉴意义

[单选题]*

完全不同意　○1　○2　○3　○4　○5　完全同意

7. 我会模仿和实践院士大学时期的选择[单选题]*

完全不同意　○1　○2　○3　○4　○5　完全同意

8. 如果我们寻访院士的大学时代，我愿意将相关报道或刊物分享给身边的同学和好友[单选题]*

完全不同意　○1　○2　○3　○4　○5　完全同意


二、院士群体对大学生的价值影响

1. 你通常从哪些渠道了解到院士的信息？[多选题]*

□报纸、图书等纸质媒介

□网络、电视等视讯设备

□师长、朋辈等沟通交流

□其他

2. 如果我们寻访院士的大学时代，你对哪些话题更感兴趣？[多选题]*

□院士的专业选择

□院士的兴趣爱好

□院士的恋爱故事

□院士的宿舍关系

□院士的学习方法

□院士的科研感悟

□院士的人生梦想

□院士的家国情怀

□院士遇到的困惑迷茫

□院士科研兴趣的启蒙

□院士眼中当今的学术前沿

□大学时做过的哪些事为成为院士打下基础

□院士对当下高等教育模式的看法

□院士对当下科研人才培养的建议

□其他_____*

3. 你期待寻访成果以怎样的形式呈现？（选择1—2项）[多选题]*

□视频

□报刊

□广播

□博客

□书籍

□新媒体产品（如图文推送，H5等）

□其他_____*

4. 你认为当今大学生可以从院士的大学时代中获得什么？[多选题]*

□掌握学习方法

□获得成长经验

□领略学术前沿

□启迪科研兴趣

□借鉴人生选择

□激发报国热情

□其他_____*

5. 你在大学期间遇到的主要困惑有哪些？[多选题]*

□如何找准人生方向

□选择投身科研还是工作赚钱

215

□学业和课余生活的平衡

□如何抵制诱惑（如网络游戏）

□人际关系的处理

□其他_____*

6. 关于科研方面，你有何困惑？[多选题]*

□论文难以发表，有毕业难题

□自身科研能力不足，找不到感兴趣的科研方向

□想尝试创新，但个人发展要求成果发表，陷入两难

□导师放养式管理，得不到有效指导

□被迫为导师处理烦琐事务，科研时间被挤压

□其他_____*

7. 结合自己的大学成长经历，写出一个你最想向院士提出的问题：[填空题]

---

三、个人基本信息

1. 你的性别：[单选题]*

　○男

　○女

2. 你的学历层次：[单选题]*

　○本科在读

　○硕士研究生在读

　○博士研究生在读

　○职业院校在读

3. 你的专业属于：[单选题]*

　○理工农医类

○人文社科类

○艺术体育类

○其他_____*

4.你毕业后的打算:[单选题]*

　　○直接工作

　　○升学,有志于长期从事科学研究

　　○升学,为提升学历

　　○还不确定,边走边看

5.您的学校所在省份:[填空题]*

6.您的学校:[填空题]*

▶ 院士的大学时代——大地之子

全国478所高校10095名大学生参与的调查发现

# 超七成受访大学生困惑如何找准人生方向

超九成受访大学生认为院士的大学时代在当下有借鉴意义

"怎样才能成为像院士一样厉害的人？""院士在大学时期也迷茫过吗？""如何树立信仰，找准人生方向"……今年3—6月，湖北校媒联合全国各区域校媒，就"新时代青年成长与院士榜样引领"这一主题，面向全国大学生发起问卷调查，收到了1万余名在校大学生向院士提出的1000多个问题。

调查结果显示，73.39%的受访大学生认为，"如何找准人生方向"是自己在大学期间面临的主要困惑。65.43%的受访大学生希望从院士的大学时代中获得成长经验。

此次调查覆盖全国34个省（自治区、直辖市、特别行政区）的478所高校，收回有效问卷10095份。其中，本科在读6242人，职业院校在读2892人，硕士研究生在读684人，博士研究生在读277人，绝大多数受访者为"95后"和"00后"。从专业来看，理工农医类专业占比46.81%，人文社科类占比33.35%，艺术体育类占比11.70%，其他类专业占比8.14%。

## 超九成受访大学生认为院士在大学时期的经历和选择在当下依然有借鉴意义

武汉大学遥感信息工程学院2020级本科生周家豪与院士的"缘分",从入学之初便开始了。

在张祖勋、刘经南、李德仁等6位院士为大一新生开设的《测绘学概论》基础课上,周家豪从中国工程院院士张祖勋那里第一次了解到遥感技术在灾情监测方面的应用实践,发达的遥感技术可以为防灾减灾打开一双"天眼"。这引起了周家豪的兴趣与思考。

大一暑假,周家豪和3名同学一起,前往南充、佛山、武汉等地的应急管理局实地调研,进一步了解了我国突发事件公共治理的现状,发现了当前应急管理领域一体化程度不高、监测视野受限等痛点。

在老师的引荐下,2022年7月,周家豪和团队成员带着调研成果,与张祖勋进行了一次面对面的交流。张祖勋不仅为几名同学的做法"点赞",还用自身经历鼓励大家做"有用"的科研,把论文写在祖国大地上。

2008年"5·12"汶川特大地震期间,张祖勋利用自己最新的技术成果DPGrid(数字摄影测量网格),和团队连续工作24小时,突破大地震造成传统航空摄影"杂乱无章"的局限,制作出震区首个数字地面模型与正射影像图,为救援工作提供了一手的卫星遥感数据。张祖勋还缴纳了1万元"特殊党费",支援灾区建设。

周家豪从未想到,张祖勋年过八旬,工作繁忙,依然愿意指

▶ 院士的大学时代——大地之子

## 如何看待院士的大学时代

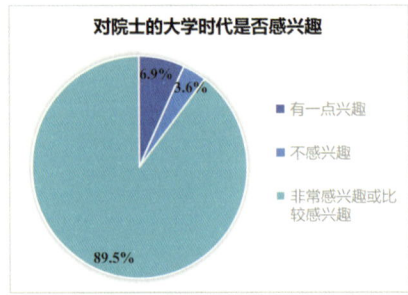

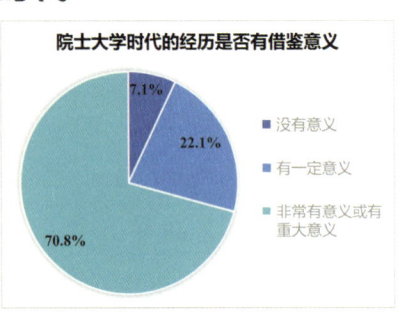

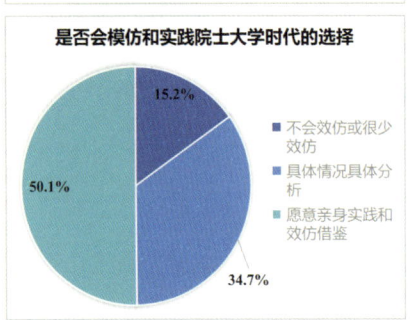

**对院士的大学时代是否感兴趣**
- 有一点兴趣：6.9%
- 不感兴趣：3.6%
- 非常感兴趣或比较感兴趣：89.5%

**院士大学时代的经历是否有借鉴意义**
- 没有意义：7.1%
- 有一定意义：22.1%
- 非常有意义或有重大意义：70.8%

**是否会模仿和实践院士大学时代的选择**
- 不会效仿或很少效仿：15.2%
- 具体情况具体分析：50.1%
- 愿意亲身实践和效仿借鉴：34.7%

**数据说明**：湖北校媒联合全国各区域校媒，对全国34个省（自治区、直辖市、特别行政区）478所高校的在校大学生进行问卷调查，回收有效问卷10095份。

**数据统计时间**：2023年3月至2023年6月。

## 对院士最感兴趣的10个话题

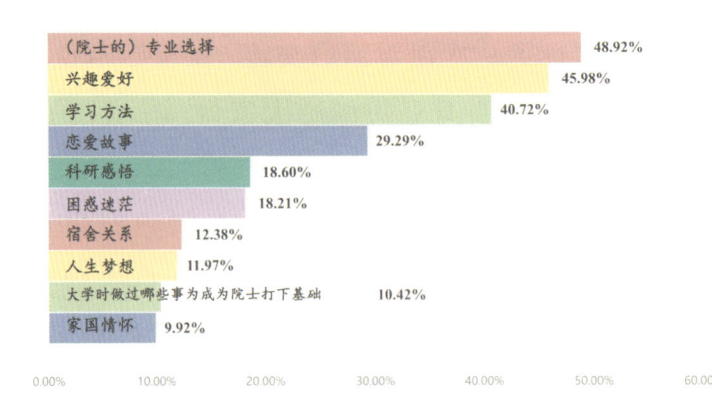

| 话题 | 比例 |
| --- | --- |
| （院士的）专业选择 | 48.92% |
| 兴趣爱好 | 45.98% |
| 学习方法 | 40.72% |
| 恋爱故事 | 29.29% |
| 科研感悟 | 18.60% |
| 困惑迷茫 | 18.21% |
| 宿舍关系 | 12.38% |
| 人生梦想 | 11.97% |
| 大学时做过哪些事为成为院士打下基础 | 10.42% |
| 家国情怀 | 9.92% |

**数据说明**：湖北校媒联合全国各区域校媒，对全国34个省（自治区、直辖市、特别行政区）478所高校的在校大学生进行问卷调查，回收有效问卷10095份。

**数据统计时间**：2023年3月至2023年6月。

导一个完全由低年级本科生组成的科研团队。带着这份激励，周家豪和团队成员潜心钻研，提出了"空天地一体化应急传感网"的设想，作品《基于多无人机协同遥感观测与地理信息资源分析的智慧应急系统》获评2022年全国大学生测绘学科创新创业智能大赛特等奖，科研成果还被带到了国际地理信息大会上向各国专家展示。

周家豪认为，"院士不仅是课本里的学术权威，更是可亲可信的人生榜样"。他对两院院士的成长经历与科研人生充满好奇，"我很想知道，院士何以成为院士？院士在大学时期是怎样萌生科研兴趣的？"

捧回国际数学地质最高奖"克伦宾奖章"的亚洲第一人；担任中国地质大学校长22年，是新中国成立以来任职时间最长的大学校长；从教70年，带出近200名硕士、博士和博士后……成就等身的中国科学院院士赵鹏大，生活中却一向低调，常以"探矿人""教书匠"自居。

自2010年开通微博以来，赵鹏大发布了2300多条微博，粉丝达4.4万余人。与学生讨论宿舍装修、呼吁教学楼节电、闲暇时"晒娃"、遇到关注者还"互粉"……他和年轻人沟通的"活跃"程度，完全看不出这是一位已到鲐背之年的长者。今年92岁高龄的赵鹏大，还曾被学生亲切地称为"最潮老校长"。

在问卷调查中，近九成受访大学生对院士的大学时代有兴趣，其中，64.49%的受访者"很感兴趣"。79.01%的受访大学生认为"院士群体和我的心理距离并不遥远"，81.95%的受访者愿意主动了解院士是怎样度过大学时代的，92.94%的受访者认为院士在大学时期的经历和选择在当下依然有借鉴意义。

## 我的专业"好不好"？这届年轻人的纠结从入学开始

回想起4年前与地质学专业的"邂逅"，中国地质大学（武汉）大四学生孙家淮至今都觉得"是个巧合"。

高考后填报志愿时，孙家淮怀着"不浪费分数"的想法，选择了中国地质大学（武汉）的地质学专业就读。入学后才知道，野外科考是每个地质学子的必修课。野外实习时正值酷暑，头顶烈日，蚊虫叮咬，同学们坚持寻找地层、判断岩性、解析构造。几天下来，几乎每个人都晒黑了。

"曾经高分填报的'最好的专业'，为啥这么苦？"每当有同学吐槽起野外实习的苦和累，孙家淮就会想起中国科学院院士殷鸿福在"新生第一课"上，向全校学生分享的"苦乐观"。

年轻时的殷鸿福也曾是一个没爬过高山、没蹚过远路的"文弱书生"，在20世纪50年代"为祖国找矿"的号召下，他舍弃当时社会上所谓的"热门"专业，毅然选择去北京地质学院学习矿产勘探，并且把自己18岁时的选择当作一生志向。耄耋之年的殷鸿福对同学们深情寄语："野外很苦，但想想祖国的需要，想想自己对地质事业的热爱，方能苦中作乐，化苦为乐。"

讲台下的孙家淮很受触动，殷鸿福也成为这个"00后"大学生追了4年的"学术明星"。毕业时，孙家淮以综合排名专业第一的成绩，保研至中国科学技术大学，继续在自己热爱的地质学领域深入钻研。

"这个专业未来前景怎样？""专业究竟有没有'好坏'之分？""如果就读了所谓的'冷门'专业该如何发展？"作为每一位学生进入大学时面临的第一道选择题，专业选择的问题不仅是

## 大学生的主要困惑

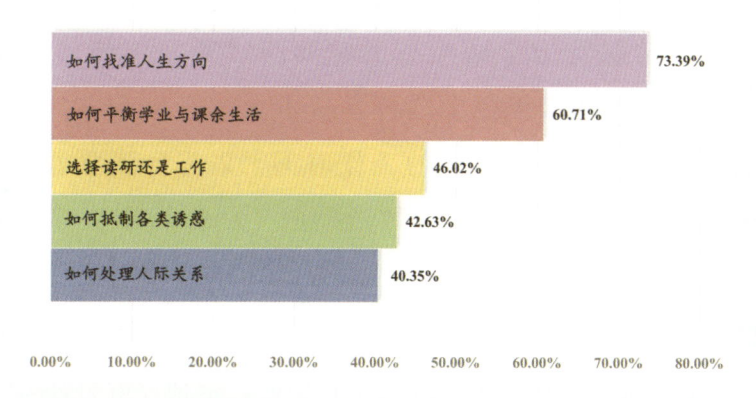

| 困惑 | 百分比 |
| --- | --- |
| 如何找准人生方向 | 73.39% |
| 如何平衡学业与课余生活 | 60.71% |
| 选择读研还是工作 | 46.02% |
| 如何抵制各类诱惑 | 42.63% |
| 如何处理人际关系 | 40.35% |

**数据说明**：湖北校媒联合全国各区域校媒，对全国34个省（自治区、直辖市、特别行政区）478所高校的在校大学生进行问卷调查，回收有效问卷10095份。

**数据统计时间**：2023年3月至2023年6月。

同学们在3年、4年乃至更长的时间里的一个标签、一张名片，更关乎他们未来的成长与发展。

在问卷调查中，近半数（48.92%）受访大学生想了解院士在大学时代面临的专业选择是怎样的。

此外，针对"如何实现学业和课余生活的平衡"（60.71%）、"未来投身科研还是工作赚钱"（46.02%）、"如何抵制网络游戏等各种诱惑"（42.63%）等大学期间面临的诸多困惑，受访大学生同样希望从院士身上获得启迪。

华中师范大学马克思主义学院教授万美容认为，当今大学生在学习生活中面临的种种困惑，恰恰说明在青年群体中培育科学家精神具有相当的可行性。鲜活的故事、伟大的人格都是可供青年借鉴的案例与榜样，每位院士成长过程中的有趣经历、奋斗故事，特别是他们如何面对曲折、克服困难的过程，有助于引导当下年轻人探索自己的人生道路。

中国科学院院士李曙光在大学期间也曾面临如何平衡学业和课余生活的问题。担任中国科学技术大学学生会主席时，每天下午4：30—6：00是他固定的工作时间，文艺会演要筹备、体育部要开例会……校园里各类文体活动的"大事小情"，都成了李曙光学习之余放在心头的牵挂。

忙完学生会的工作后，李曙光晚上6点到食堂吃饭，6：30回到教室，直到晚上10：30之前的4个小时，是他"雷打不动"的自习时间。同学们常常看到，4个小时里，李曙光总是"一动不动"，直盯着书本。

完成学生会工作的同时，李曙光的学习成绩也没落下，大学期间每次考试基本稳居年级第一。有一年五四青年节，团北京市委专门邀请李曙光作为学生代表作报告，报告的题目就是"如何协调好学习和社会工作"。

李曙光这样解释自己的学习秘籍：对待学习一要有兴趣，要从点点滴滴的"小进步"中获得成就感，可以是攻克了一道难题，也可以是学懂了一节课的知识，进而激励自己不断前进；二要有方法，不随大流，不盲目"开夜车"，该工作时就认真工作，到了学习时间则全心投入，关键在于找到适合自己的节奏，高效率地完成各项任务。

调查显示，作为获得我国科学技术和工程技术领域最高荣誉的人，两院院士在大学时期的各类经历都对受访大学生具有吸引力——"小"到兴趣爱好（45.98%）、恋爱故事（29.29%）、宿舍关系（12.38%），"大"到科研感悟（18.60%）、人生梦想（11.97%）、家国情怀（9.92%）。此外，还有18.21%的受访大学生想知道，"院士在大学时期是否也曾遇到过困惑和迷茫"；10.42%的受访大学生希望了解"大学时做过的哪些事为成为院士打下基础"。

## 如何找准人生方向？"00后"大学生想攒够"六便士"，也期待"找月亮"

华北地区某专科院校大三学生刘晓菲，1年前顺利通过"专升本"考试，即将迎来毕业季。入学前，一心想着早些挣钱的她，特意选择了"好找工作"的财会类专业。

可她逐渐发现，就业市场越来越"卷"了，3年前本科学历即可报考的老家县城银行，已要求硕士学历。与此同时，她在企业实习时了解到，制作凭证等传统的会计工作，正逐渐被机器取代，"似乎留给人工的时间不多了"。是继续深造，弥补"第一学历"的遗憾，还是尽早工作，在与AI的"较量"中多积攒几年经验？这成为这段时间一直困扰刘晓菲的问题。

和刘晓菲一样，在回答"大学期间遇到的主要困惑有哪些"这一问题时，73.39%的受访大学生表示对"如何找准人生方向"充满困惑。

1952年，17岁的殷鸿福参加了新中国成立后的第一次高考，成绩优异的他明明可以读清华大学、交通大学的电机、工程等"热门"专业，却执意选择刚成立不久的北京地质学院，学习矿产勘探，由此开启了自己70年的地质人生。

70年与祖国共进，不断征服世界地质学研究的高山险滩。在殷鸿福看来，今天国家发展进程中面临许多压力重重的"卡脖子"问题，但在自己的青年时代，国家面临的"卡脖子"问题更多

▶ 院士的大学时代——大地之子

## 期待从院士的大学时代学到什么

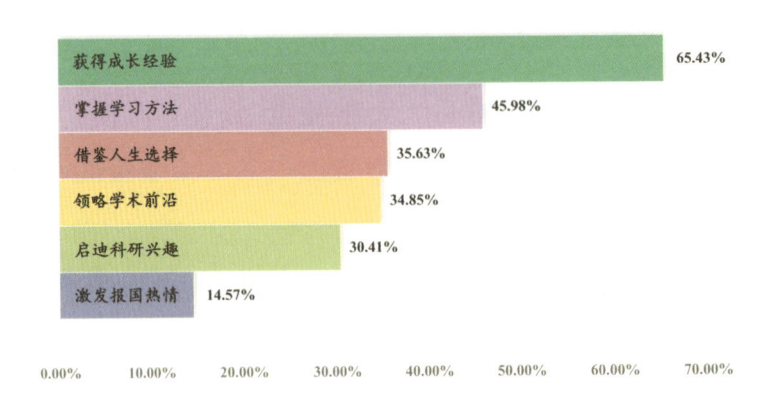

| 项目 | 百分比 |
|---|---|
| 获得成长经验 | 65.43% |
| 掌握学习方法 | 45.98% |
| 借鉴人生选择 | 35.63% |
| 领略学术前沿 | 34.85% |
| 启迪科研兴趣 | 30.41% |
| 激发报国热情 | 14.57% |

**数据说明：** 湖北校媒联合全国各区域校媒，对全国34个省（自治区、直辖市、特别行政区）478所高校的在校大学生进行问卷调查，回收有效问卷10095份。

**数据统计时间：** 2023年3月至2023年6月。

更重，连火柴盒都要冠名一个"洋"字。

面对"卡脖子"相关的时代之问，殷鸿福用"钉钉子"精神作出回答："每一位院士之所以成为院士，就是在不断突破国家'卡脖子'问题过程中成长起来的，而这些都离不开锚定一个国家需求的方向不断掘进的'钉钉子'精神。"

巧合的是，我国探月工程首席科学家、中国科学院院士欧阳自远，同样在1952年考入北京地质学院。

填报志愿时，家里人建议欧阳自远学医，他自己想学天文，但那时国家要发展重工业，发展重工业就必须找到矿产资源。"唤醒沉睡的高山，为祖国找出无尽的宝藏"成了当时振奋人心的口号。

欧阳自远也被这句口号打动了，于是第一志愿填报了北京地质学院，第二志愿填报了南京大学天文系。

后来，欧阳自远将从小探索宇宙的梦想与地质学专业结合起来，在地球化学、天体化学等领域做出大量开创性成果，成为中国探月工程最顶尖的科学家之一，被外界称为"嫦娥之父"。

反复思考院士的成长经历后，孙家淮认为，院士的科研人生启示我们，"人生方向"的命题看似宏大，但实际上与每个人的生涯规划、职业发展息息相关。在人生选择的关键时刻，个人成长融入国家命运方有大成。

华中地区某985高校硕士研究生邓琪睿毕业后有志考取基层选调生。她认为，每一代人面临的选择和际遇不同，"00后"一代生逢盛世，在面临人生选择时，更应该像院士为国家突破"卡脖子"难题那样，将个人发展与国家需要结合起来，攒够"六便士"的同时，也不忘抬头看看头上的"月亮"。

在某部属师范类高校汉语言文学专业本科生夏卓看来，两院院士之所以成为"国家的财富、人民的骄傲、民族的光荣"，不仅在于其过人的学术成果和科研水平，他们在治学态度、为人处世、精神品质等方面也一定有着过人之处。虽然是一名文科生，夏卓同样希望从院士身上学习这种独特的"人格魅力"。

调查显示，84.75%的受访大学生愿意模仿和实践院士在大学时期的人生选择。受访大学生希望从院士大学时期的经历中，获得成长经验（65.63%）、掌握学习方法（61.88%）、借鉴人生选择（35.63%）、领略学术前沿（34.85%）、启迪科研兴趣（30.41%）等。

（应受访者要求，刘晓菲、邓琪睿、夏卓为化名）

（张子航　雷宇）

# 一代青年的成长需要崇高精神引领

——访青年学研究专家、华中师范大学马克思主义学院院长万美容教授如何理解科学家精神的时代内涵？"佛系""躺平""内卷"等现象出现的背后，当前青少年的思想教育工作存在怎样的痛点和难点？当"00后"甚至"05后"成为大学校园里的"主力军"，以两院院士为代表的老一辈科学家的成长经历，对今天的年轻人思想引领究竟有何价值？对此，记者采访了华中师范大学马克思主义学院院长万美容教授。

**新时代呼唤"自信自立自强"的科学家精神**

雷：习近平总书记对弘扬科学家精神作出了系列重要论述，从青少年思想引领的角度来看，这反映出怎样的时代背景和现实需求？

万：总书记讲要弘扬科学家精神，多次强调，我们党和国家事业的发展，对高等教育的需要，对科学知识和优秀人才的需要，比以往任何时候都更加迫切。我想这具有同样的一个背景，也可以讲是我们这个时代的一个要求。

因为中国发展到今天，在世界上彰显出越来越强大的力量，对于世界格局，特别是大国之间的关系，产生了深刻的影响。所以这就有了中美之间的较量博弈，美国实施对中国的全面遏制打压，这使得我们更加明确，中国要发展必须自立自强，在自信的基础上自立自强。

而作为科学家典范的中国院士，他们身上承载和彰显着科学家精神，蕴含了一种自信、自立、自强的精神品质。在国内来讲，现在我们的经济发展到一个比较高的水平，人们的生活也有很大的变化，但是在精神层面确实也出现了精神贫乏、精神乏力的现象，所以我们需要用像科学家精神这样能够催人奋进的精神资源去激励人们，特别是去教育和影响青少年，引导他们走出精神困惑，帮助他们健康成长。

人应该有点精神，尤其是教育培养青少年，应该在精神培育方面更加重视。前几年我们团队围绕着青少年的精神生活、精神成长，做过一些调研和探讨，我们感到，很重要的一点，就是应该赋予青少年一些精神的气质、品质，积极引领青少年内在精神世界的构建和外在精神生活质量提升。

对科学家精神的理解，主要是这几个方面：爱国精神、创新精神、求实精神、奉献精神、协同精神、育人精神。第一个就涉及每一个人，包括科学家，与国家和社会之间的关系，与人民之间的关系。科学家首先彰显的是一种胸怀祖国、服务人民的爱国精神，这个是非常重要的。

另外，从具体的价值指向上来讲，体现出一种对理想信念的执着追求、勇攀高峰、敢于创造的创新精神。科学创造本身就是一个探索的过程，不一定所有的探索都会得到理想的结果，所以在这个探索的过程当中，可能会经受挫折、失败。所以这里面就要求有一种奉献精神，潜心研究，淡泊名利。现在有很多关于"精致的利己主义者"的讨论，我觉得这部分人很难成为对我们时代起引领作用的真正的大科学家，他们缺乏这样的一种潜质。

在具体的研究过程当中，或者在科学探索的过程中，还应该追求真理，加强团结合作。这里面就涉及求实求真、团结协作的要求。同时，科学需要一代一代的人去传承，我们在一些著名的科学家身上往往可以看到他们都潜心地育人，为了科学事业发展培养接班人，表现出甘为人梯、扶持后学的精神。

总的来说，科学家精神既涉及一般意义上的爱党、爱国、爱社会主义的要求，也涉及我们对科学求真务实的态度，还涉及在科学探索的过程中必须有的奉献、协同的精神品质。而这些对于青少年的教育成长都非常重要。

现在大家对青少年当中出现的一些现象比较担心、担忧，我个人认为很多问题从根本上讲，还是因为青少年当中一部分人缺乏坚定的理想信念；另外一个，就是在处理自己和社会、国家、他人之间，包括和家庭、家长、同学之间关系问题的时候，缺乏一种对他人负责的态度，也就是一种社会责任感的问题。所以加强青少年的思想政治教育是很重要的，特别是要加强理想信念教育和社会责任感的教育。而弘扬科学家精神，我觉得能够在这两个方面对青少年产生非常重要的影响，带来积极的作用。

当一个人有了远大的理想，有了自己的追求，同时也培养了自己对社会、对家庭、对他人的一种责任，包括对自己的一种责任，在处理问题的时候，比如说他遇到一些挫折或者困难的时候，一定不会轻言放弃，不会走极端甚至"一死了之"。因为他有他要做的事情，他有自己追求的目标，他有对别人的一份责任。他会对自己生活或者生存发展的意义和价值，有一种更高的认同和认识，很多遗憾和悲剧就不会出现。

说到这里，我觉得现在对青少年的思想教育当中，有些定位层次可能还是低了一点，很多工作重点放在一些具体问题上了。我在院里面跟学工的老师们探讨，马院的学生工作一定要在引导优秀学生方面加强，在引导优秀学生坚定理想信念，培养对社会、对国家的责任感等方面做更多的工作。只有这样培养出来的毕业生，才能真正成为我们党和国家事业所需要的优秀人才。因为优秀人才不能仅仅是专业上优秀的。

雷：定位层次低了一点？能不能举个例子。

万：我上学期去一个从小学到高中的全日制学校调研，发现按照现在一般的测量标准，连小学生当中都出现了不少所谓心理有问题的学生。其实不能够仅仅从心理方面去寻找原因，而应该从他思想观念的层面，比如说他对人生理想的追求，对国家、对社会、对家庭的，对他人、对自己的责任感方面。如果仅仅是停留在心理咨询、心理辅导这个层面的话，可能暂时缓解他的焦虑、忧虑，但是未必能从根本上解决问题。他下一次遇到类似的状况，或者遇到比这更严重的一种困境，他未必能扛得过去。所以我觉得我们的教育应该更多地去坚持一种正面的、先进性的导向，以更高的精神去引导。

现在很多地方，更多强调的是一种底线思维，就是不出问题，"确保一个都不少"，所以非常重视"问题学生"的教育帮扶。这是很有必要的！但是在重视这个工作的同时，也要把教育的资源更多投向对青少年更高层次的精神引导，对优秀学生思想上政治上的教育。实际上从中央对于青少年教育引导的重大决策、重要文件里,也就是从顶层设计上讲,这种导向是非常明确的。无论是20世纪90年代的学校德育文件,还是21世纪初期加强和改进未成年人思想道德建设和大学思想政治教育的工作部署,强调的核心问题、紧迫任务都是理想信念教育。

院士们明知科学探索不一定都能成功,仍然愿意坚持不懈地去追求真知真理,这就是科学家精神的生动体现。因为有了这种精神,在探索科学真理的过程中,无论遇到什么样的困难,他一定会想方设法地克服困难,勇敢面对,这恰恰是我们今天的青少年很缺少的一个东西。青少年群体中出现的问题,实际上是在成长过程当中的问题。一方面,我们要解决这些具体问题,同时要注意以更高远的目标去引导,在引导他们追求更美好事物的过程中慢慢地解决类似问题。所以在青少年当中开展中国院士精神的教育,或者说培育,非常重要。

另外一个问题就是市场化背景下资本表现出的强大力量,深刻影响着年轻人的价值观。在这种情况下,精致的利己主义、功利主义、实用主义等现象非常普遍,越是好的学校可能越普遍。因为(越好的学校)竞争更激烈,"卷"得更厉害,我们过去叫"分分计较",现在看来还不是"分分"计较了,甚至是零点零几分的那种计较。芝麻大的一点小事都得去弄个明白,或者说一定要分一个高低上下。这种情况下,用甘为人梯、淡泊名利的科学家精神教育青少年学生,我觉得对于引导青少年正确认识竞争,正确认识个人发展和社会发展之间的关系,正确认识个人成长与他人成长之间的关系,是非常必要的。

雷:"内卷"带来的最大的问题是什么?

万:首先"内卷"带来的问题是让大家越来越注重自己或者

说自我。更多的是追求那些具有确定性的东西，所以一定会影响人们探索和创新的精神品质，和科学家精神是背道而驰的，对创新没有好处。

这也启示我们的思维一定要新，视野要广，也就是说在青少年当中培育科学家精神，弘扬科学家精神，不能仅仅盯着青少年一个主体。从社会及政府的层面，应该更加重视科学家和科学人才，给予相应荣誉奖励，提高他们的社会地位。还要提高科学家和科技工作者的待遇，就像20世纪80年代，当时国家领导人深入到科学家中间，看到他们的生活状况，决定设立国务院特殊津贴，改善优秀科技工作者的生活条件。它给社会一个很重要的信号，就是党和政府是高度重视科学家，重视优秀人才的。

在一些青少年看来，现在还以当科学家为理想是很可笑的事情，而当一个主播，当一个网红，才是比较值得去追求的东西。如果我们的青少年被引导这样来思考问题，或者说确定这样的人生目标的话，真的很危险。

总书记讲，青年一代有理想、有本领、有担当，国家就有前途，民族就有希望。如果青少年一代没有追求和奋斗的正确目标的话，是令人多少有点担忧的。我觉得，弘扬科学家精神，首先得让科学家成为全社会尊重的人，即使在今天这样的条件下仍然是全社会非常尊重的人，让青少年觉得是值得学习、效仿的人，就像他们今天追求效仿明星一样。

**科学家精神能够回应"躺平""内卷"等现实问题**

雷：您多年来对青年问题一直保持持续关注。今天青少年身上的"躺平""佛系"，包括作为另外一个极端体现的"内卷"现象，和过去几十年相比，是否更加典型？

万：当前这种现象肯定是表现得比较突出，也比较普遍。但是也要辩证地看，那些看上去"躺平"，或者不停地说"躺平"的青年人，不一定都是真的"躺平"了。有一部分可能真的是不想奋斗了，因为他已经有了很好的生存生活条件，他就觉得我再奋斗也不是特别有价值。但是其中应该讲有相当一部分人其实在今天这样的环境中，"躺平"是一种无奈和自嘲，他并没有放弃，他还是在奋斗，但是觉得我这种奋斗似乎未必能够达到自己所追求的那样一个目标。所以实际上"躺平"反映的是一种很矛盾的心态。

雷：40年前，《中国青年》杂志联合了《中国青年报》发起了"人生的路该怎么走"的大讨论，也是以一个时代的青年的苦闷为切入点，我们能从里面汲取到一些什么样的东西？它为什么能够成为一代人青春记忆的讨论？

万：这个问题实际上给我们一个很重要的启示，我给学生讲《青年学》，课上我们去探讨青年的本质，青年人从主观上，从思想意识的层面，他们是面向未来的，对未来充满着热情的向往。虽然他们有时候不一定愿意表达，但是理想这个东西，在青年思想意识这个层面，实际上它是一个非常重要的存在。

当时的青年提出"人生的路为什么越走越窄"这样的问题，其实说明他在追求美好人生的过程当中，出现了一些困惑，产生了一些困扰，引发他去思考。他为什么要去思考？他并没有说真正地去"躺平"，或者得过且过。他在思考，就说明他在追求某些东西，所以这也是我们教育和引导青少年的一个非常重要的有利方面。

今天的青年当中出现所谓的"内卷"，出现一些自称"佛系""躺平"的现象。他为什么会用这样的一种语言表达出来？其实就说明他很在意这些东西，他在意我的生活怎么样？我今后能发展到什么样？我能够创造多大的价值？从这个角度来看，我觉得在青年群体中弘扬科学家精神、培育科学家精神不仅是必要的，而且也是可能的。因为从青年的角度来讲，他们总是在寻找他们可以去学习，可以去效仿的一些榜样。

而我们把科学家生动的故事，他们的成长经历，特别是他们在奋斗过程当中所经历过的哪些曲折，他们是怎么面对的，来告诉今天的青年，是有益于他们去探索人生的路，有益于他们的进步和成长的。

这些年来，我一直坚持做华中师范大学恽代英班的班主任，我们那个班的一个理念就是让优秀的人更加优秀。我们一定要重视对青少年当中那些积极先进群体的教育和引导，让青少年群体当中能够有一批具有良好思想道德素质，具体比如说具有科学家精神所要求的爱国、创新、奉献等精神品质的青少年成为"排头兵"，要让这部分先进群体不断扩大甚至成为主流，那么它就可以对整个群体产生一种带动作用。

现在是负能量的东西太多了，包括自媒体的泛滥，很多正面的东西说一遍就完了，但是消极负面的东西，往往会反复不断地传播，它的传播频率高、传播强度大，给人的感觉似乎就是这样的。所以在正面的宣传教育方面，我们真的要有更多的作为才行。这里面要契合今天青少年的特点，在内容的选择、形式的创新等方面都得去下一番功夫。

雷：有这样一个观点：一方面，我们看到"内卷"，不仅仅是分数的"卷"，大家普遍地去往公务员系统、挤破脑袋往大城市，每一个人实际上关注自我量化的标准越来越精细化，从小时候的被"鸡娃"开始，一直到高考、找工作、保研等。另一个方面，在广大的农村，或者说一些企业，我们慢慢看到也有很多年轻人在那里成长的速度可能都还比较快，但当前很多青年人他没有看到这个东西。

万：我觉得这里也有它的必然性。一方面，我们今天社会的主要矛盾，它表现出来的是发展不平衡、不充分的现实。另一方面，从每个人的角度来讲，他总是追求良好的生活环境、工作条件。

雷：很多人到农村也好，到欠发达地区也好，实际上正是在这些迫切需要人才的地方，能迎来更快的成长。这样的一个巨大的需求实际上给他提供了一个加速度。如果从经济学的角度来讲，实际上是从红海里面转到蓝海里面去了。

万：这也说明，我们确实要大力弘扬科学家精神，因为，有这种精神追求的人，他可能不会特别在意当下能获得的东西，他也可能会选择在别人看来不是很合理，甚至不是很明智的方式和道路，去做这样的事情。

雷：但是他的目标远大，对他自己身上的目光其实已经放开了。

万：他把自己的眼光投放得比较远，眼下的这一种改变，或者说这种相对不是很理想的状况，恰恰可能为他提供更多作为的空间和可能性。比如说现在一方面，如果我在大城市，确实可以享受很多便利的现代生活条件，但是在大城市里面，在今天这种大家普遍认为很"卷"的情况下，相当多的青年的生活可能就是一条相对平稳的直线，个人的价值也不一定会得到很大的丰富；而如果就像我们过去常常讲的，到祖国最需要的地方去，眼下的生活条件、工作条件可能都比较差，但是那些事是有很好发展前景的。比如说农村，我们说中国要强大，要建设社会主义现代化强国，它不可能只是城市的现代化，一定要有农村的现代化。

那么这样的话，其实到农村去，现在你去干事创业，我觉得稍微把眼光放远一点的话，你一定会看到它是一个很有前途的事业，应该讲它就是一个比较明智的选择，同样，你也可以创造出一种美好的生活，更重要的是你可以创造出更大的价值。

但现在的情况下，很多人不愿意，也不敢放弃现有的、唾手可得的条件、平台、机会，而去选择其他的。而当我们真正有了一种对真理的追求，有一种爱国奉献的精神，把个人的小我跟整个国家建设社会主义现代化强国，实现中华民族伟大复兴这样的宏大的社会理想，结合起来融入进去的话，那么他可能会做出更符合这个时代发展需要的一些选择。这就需要我们去教育，需要我们去引导。这里面就包括从政策层面的引导，社会宣传先进典型人物形成的一种示范效应，还有就是包括党对青年中的先进群体，共产党员、共青团员的一种教育，多管齐下。引导青年从关注自己的需求，到关注他人的需求，关注国家的需求，关注时代的需求，把自己真正地、很好地融入这个社会、这个国家、这个时代，这是我们思想教育要做的事情。

雷：我采访过很多院士，的确有一个普遍的观点——只要把个人的成长融入国家的需求中去，对他的成长就提供了一个加速度。

万：前几年疫情期间，我们面对一个人类很缺乏了解的新的疾病，一种不断变异的病毒，有专业知识的人都知道这里面充满着危险。但是那些病毒学家、医生，他们有一种强大的责任感，有一种对真理、对科学的追求，就有了一种无穷的动力。他就会冒着生命危险奔赴疫情防控一线,他觉得这是有意义的,这是有价值的,这是值得我们去为之冒险、为之奉献的事情。

有了这样的精神之后,我想我们的年轻人,遇到再大的问题、再大的困难,都会有一个非常正确的态度,所以我们需要用各种各样的方式,深入青年群体当中做宣传做引导。我觉得讲好科学家的故事,弘扬科学家的精神真的太重要了。

**一代青年的成长需要崇高精神引领**

雷：我前年采访当时的武汉大学校长窦贤康院士时,他提出一个观点,培养强国一代的关键就在今天的大学校园。因为恰恰是"95后""00后"的这一代人到2035年、2050年正好是一个中坚力量。

万：的确是这样。而且这个教育还可以延续到更早。现在家庭教育要引起社会高度的重视,现在很多学生在青少年时期的问题,追溯原因可能跟他从小在家庭受到的教育有关。因为家庭是他出生以后的第一所学校,家长的表现和观念,对孩子的影响至关重要。

我2014年到英国考察学习的时候曾经和英国的教授们讨论过当年发生的伦敦骚乱事件。为什么会有那么多的青少年,特别是在校的高中生卷入其中？普遍认为是英国的教育出了问题,学校教育出了问题,家庭教育出了问题。后来英国政府更加重视改进学校的教育,同时有一些非政府组织联合多种力量发起一个所谓的家长教育运动,喊出了一个非常响亮的口号——没有合格的家长,就没有未来社会合格的公民。这对我们来讲是有启发作用的。今天的家长是什么样,孩子们未来可能就是什么样,青少年可能就是什么样。我觉得一定要重视当下，从家庭教育开始，重视家庭和学校对于青少年学生的教育。要通过弘扬科学家精神这样的一些教育活动去帮助青少年确立并坚定理想信念，强化他们的责任感，引导他们把自己的小我更好地和祖国，和我们这个时代结合起来，在全面建成社会主义现代化强国的历史进程当中去创造和实现自己的人生价值。

雷：以前社会上一度说，"90后"一代是吃肯德基长大的一代，是说火星文的一代，现在"00后"进入大学阶段了。对这样一代青年人您怎么评价？像国外20世纪五六十年代，当它的经济发展起来的时候，出现了披头士、嬉皮士等现象，物质加速发展的同时，一定程度上精神建设跟不上来的时候，也会产生青年的时代性问题。

万：首先，我觉得对任何一个时代的青少年，我们都要持一种乐观和积极的态度，因为人类社会发展的客观规律就是，青年就是未来。如果我们对今天的青年缺乏信心，实际上就是对我们人类社会的未来缺乏信心。其次，"00后"一代，他们的思想观念、行为方式、生活方式，包括生活态度，和过去的一代，特别是更早时代的那些人相比，确实有很多的不同，我觉得这也是社会发展到今天，对他们影响的结果。

按照马克思主义的基本观点，社会存在决定社会意识。社会发展到今天，从某种意义上讲，我们不能够用过去的那些思想观念来看待今天的青少年。无论是从思想观念的层面，行为方式的层面，还是从青少年的个体来看，都会有很多积极向上的典型，并不是所有的青年都是让我们特别担心的。刚才我们说了，包括"内卷""躺平"等话题，一部分还是有一些无奈、自嘲的成分，实际上应该看到他们内心还是葆有对美好人生的追求。

另外，现在在青年当中也不乏各种各样的先进典型，无论是政治上的，还是道德层面的，比如，青年志愿者行动。平常可能看不出来，但当发生一些重大事情，一些重大灾害比如2020年武汉的疫情来说，有多少年轻人，青年警察、青年消防队员、青年医生、青年军人、青年大学生，还有社会上的一些青年，他们都马上积极投入到迎战危机当中。这样的先进典型太多了。

所以我们一定要对这一代青年人充满信心。但是同时我们也要注意到，在今天这样一种社会时代条件下，尤其是在国际环境的影响下，像美国从来就没有放弃对青少年的争夺。马克思主义青年观，包括邓小平的青年思想里面，讲得非常清楚的，青少年从来都是各种阶级势力争夺的主要对象。美国对中国也一直在进行着所谓的"颜色革命""和平演变"。美国前总统尼克松说过，改变中国在他的第三代和第四代，"当有一天，中国的年轻人已经不再相信他们老祖宗的教导和他们的传统文化，我们美国人就不战而胜了……"今天我们看来他的这种预言肯定不可能实现，但是我们要重视青少年当中出现的一些问题，比如说理想追求、职业选择、生活方式，等等。确实我们要重视这里面一些问题性因素，我们需要用一些积极的、正面的、正能量的思想文化资源，包括科学家精神在内的这种思想文化资源，去影响、去引导青少年解决问题，一方面要充满信心，另一方面要正视问题。

这样的话，我想我们中国的青少年应该也一定能够去担当责任和使命，我们的国家才有希望。

**讲清道理提振青少年信心，是迫在眉睫的事情**

雷：比如说一个年轻人站在您面前，他可能就会问，而且的确就是现在社会上有很多的年轻人也在思考这样的一个问题，就是世界上凡是经济体量跻身世界第二的国家，最后可能都要经历数十年的衰退，中国会不会这样？

万：现在大家关注的是什么？是在做老二的国家，在和老大之间的这种斗争当中，他没有赢，所以他一定会衰败。但是实际上历史上第一次老大和老二的斗争是老二赢了，那么衰败的不是老二，衰败的是老大。这就是英国和美国的故事。只是后来，美国和日本，美国和欧洲，日本和欧洲是败下阵来了。所以从历史看，不是没有世界第二战胜世界第一的案例。

我们应该相信中国，一个是我们的制度优势，另外一个是我们有改革开放以来所创造的巨大的物质基础和物质财富。此外，我们还有一些美国人不能离开我们的一些东西，在中美博弈过程中美国人未必能够占得了便宜。这里面也是我们要加强的——就是要提振包括青少年在内的咱们全体中国人的信心，现在是迫在眉睫的事情。

雷：这两天有一个好消息，就是华为MATE60手机的推出，它的确给了大家一剂强心针。但是这一段时间以来，美国科技的"卡脖子"的确让整个社会，包括青少年群体中间出现的一种恐慌心理可能是普遍存在的。您怎么看？

万：实际上很多院士之所以能成为院士，他们都是在解决"卡脖子"的工程中成长起来的。比如欧阳自远院士等，他们大学入校的时候，中国还被称为贫油国，甚至连火柴都是洋火柴。现在这些概念对今天的青少年都很遥远，恰恰是因为每一个这样的"卡脖子"问题都已经被解决了。

所谓的"卡脖子"换一个角度看，实际上是给我们创造新的机会。中国人恰恰是在没有人卡我们的时候，我们有点迷失自我，我们在什么东西都能买到的情况下，不再重视自己去研发，自己去创新，自己去创造，我们满足于去买、去租，但当所有的东西被其他势力卡我们的脖子的时候，恰恰是我们中国人在这个方面奋起、突破、创新和创造的重大机遇。

这次华为证明什么呢？虽然你卡我，但是中国人有条件、有智慧、有力量去突破这些东西，所以他选择的这个发布时机也是挺有意思，就在你美国的（官员）到中国来（的时候），中美关系处于这样一个非常关键的敏感时期，我来发布这个，证明中国是有能力去造出你那些东西的。所以美国现在赶紧把那个芯片就又放开了很大一部分。

美国的一个观点就是凡是我卡不住你的，我都可以卖给你。其实一方面这种"卡脖子"给我们经济发展、社会发展，包括对我们每一个人的发展应该说都带来深刻的影响，同时又让中国人认识到，就像总书记最近经常告诫反复强调的就是我们一定要有自信、自立、自强的精神。有了这种精神之后，加上我们的制度优势，加上我们的举国体制，我们相信美国人卡我们的东西，或者世界上其他的一些强大的势力，卡我们的那些东西，只会越来越少。你看历史上，从原子弹、氢弹，到后来的卫星，就是这样的例子。

**培养出一批先进的青少年发挥同辈带动作用**

雷：一百年前周恩来总理说要"为中华之崛起而读书"。欧阳自远院士也曾讲到一个故事：当年他本来可以考北大清华，但是他却报了北京地质学院。因为高考那年，毛主席在广播里面说了这样一句话，"年轻一代的学子要去唤醒祖国沉睡的高山大地"。

有一种观点，期待今天在青少年中出现更多振聋发聩的警句。

万：对，现在感觉确实不够。现在我们就需要拥有这样能够唤醒当代青少年的一些号召。目前这些声音有没有？有，但是还比较弱。今天这样一个情况下，为什么很多人还是对国家的经济发展形势产生某种预判，还是缺乏信心。因为更多的人都在考虑自己个人眼前的一种利益，但解决这些问题一定是需要有一群有长远的目光，不惜牺牲自我，朝着这个目标去奋斗的人。

但现在关键是大家对经济发展缺乏信心，在某种程度上讲是缺乏这样的一些人，导致大家对这个方面没有信心，觉得现在没有这样的人，或者说很少有这样的人。如果说我们相信现在还有一批像20世纪50年代敢于抛弃小我，去荒漠地区艰苦探索的人，如果我们有这样的信心，那我觉得我们今天的中国就大有希望。怎么去造就这样的人呢？值得思考。

前面我们讨论当中也有涉及这个问题。我觉得首先就要加强青少年的教育，包括培育科学家精神、工匠精神、教育家精神等等。此外，社会还是要去创造一些更好的、有利于人才成长的一些制度机制，在政策上怎么能够有利于这样的人脱颖而出，从社会的氛围环境当中，怎么能够让他们获得应有的社会地位。还有一个就是从小加强对青少年的教育，让他们觉得追求真理，为科学献身，这是很光荣的事情。

其实现在"00后"这一代，他们对于那种世俗的利益的东西，并不是看得那么重，比如说他们消费那么大方干什么？其实他对钱，对消费的理解，我觉得跟前些年相比，有很大的改变。关键问题是了解他们为什么那么率性？就是他们只做自己认为对的事情。但问题是什么样的事情才是对的？我觉得这需要有人去告诉他，需要有人去教育和引导他。这一方面要靠教育工作者，靠社会去倡导。另一方面更重要的，我觉得是要在青少年群体当中培养出一批先进的青少年，发挥同辈群体的带动作用。

雷：讲了那么多，实际上都跟我们的大思政课、跟高校的思政教育是直接相关的。当前，我们看到高校的思政教育，可能存在两张皮现象，比如讲的还是原来的专业知识，非要一个思政的标签；有的一说给年轻人讲思政课就是弄舞台剧。针对大学生这样一个群体，除了给一个糖果的甜味以外，是不是我们还需要一些别的东西？

万：这是肯定的，思想类教育的途径要进一步拓展，方式方法要创新，包括刚才讲到的大思政建设，国家很重视。但实际上现在推进得比较难，因为这里面有一些比较现实的困难，比如说现在学生群体这么大，以什么样的方式更方便、更安全地进入到社会当中去接受教育？这就是目前很多学校担心的一个问题，组织很难。沉浸式、体验式的舞台剧，其实它也是一种方式。因为我不可能把所有的人都带到那个现场，那么我可以把现场搬到青年的身边，这都是一些方式方法的创新。

但是确实还需要更深的内涵。总书记说思政课的本质是讲道理，要求我们把道理讲深、讲透、讲活，现在讲活是比较容易的，但是如果我们没讲深、没讲透，光有"活"，其实有可能有时候那种"活"不一定是我们真正所需要的，可能跑偏了。

所以现在对教育者的教育要加强，我们的教育者，我们的思政课老师他有没有足够的、充分的能力和素质去充当，且我们能够把这些科学的道理讲深讲透的条件。思政课教师队伍建设，前两年是重在壮大队伍，解决人不够的问题，现在就是更重视对思政课教师的培养培训，希望提高他们的教学能力、教育能力，特别是要夯实加强他们的理论功底。首先他能把道理讲深讲透，才能让学生学透、悟透。不能够仅仅去追求"讲活",没有深、没有透那就是流于形式,对真正实现教育教学的目标,落实立德树人的根本任务,就起不到应有的作用,所以需要有一批高素质的教育工作者来承担教育任务。就像我们讲家庭教育时强调得教育好家长,那么学校的教育还得是教育好、培养好老师。现在教师教育这一块,教师队伍建设这一块,这几年非常重视,但确实还要加强,也只有提高了这支队伍的素质和能力,才能真正承担起教育好引导好青少年的责任和使命。

(雷宇、张子航,2023年9月于华中师范大学马克思主义学院会议室)

# 中国地大为国找矿七十年

——唤醒沉睡的高山 让它们献出无尽的宝藏

(附录1)

▶ 院士的大学时代——大地之子

"新中国办起了惊天动地的事业,北京航空学院是惊天,北京地质学院(中国地质大学前身)是动地,你们就是动地的勇士。"70年时光荏苒,殷鸿福院士至今清晰地记得,在母校北京地质学院1952年首届开学典礼上聆听著名地质学家李四光致辞时的怦然心动。

那年秋天,上海考生殷鸿福在班上同学异样的眼神中,把艰苦专业和个人兴趣做了结合——选中地质矿产与勘探专业,最终以超过当年清华大学录取分数的成绩进入了彼时刚刚筹建的北京地质学院。

70年来,他一头扎进地质世界里,把地质历史上最重要的3个"金钉子"之一的全球二叠—三叠系界线的全球层型留在了中国,成为中科院院士,还当过中国地质大学校长。

11月7日,中国地质大学(武汉)迎来70华诞。这所有着"地质教育摇篮"美誉的高校发展史,正是一部为国找矿、为党育人的奋斗史。而殷鸿福的成长故事恰是这所为国找矿70年的大学奋斗历程最好的缩影。

1952年,国家进行院系大调整,中国地质大学应运而生,这是一所由北京大学、清华大学、天津大学等著名大学的地质系(科)合并而成的知名大学,建起了新中国最早的高等地质教育体系。

当时，新中国百废待兴，矿产资源事关国计民生和国家安全，"地质工作搞不好，一马挡路，万马不能前行"。

以石油为例，还笼罩在西方学者"中国贫油论"阴云中的中国大地甚至有"一滴血也未必能换来一滴油"的说法。

情势的急迫从一个经典电影镜头中可见一斑：20世纪50年代，王进喜作为工业战线代表到北京参加"群英会"，看到长安街上的公共汽车都因为缺油背上了煤气包，这个后来以"铁人"闻名的汉子，蹲在路边直掉泪。

"去唤醒沉睡的高山，让它们献出无尽的宝藏。"国家向年轻的学子们发出号召。包括少年殷鸿福在内，众多青年学子正是听到广播里这句充满豪迈诗意的召唤会聚到了当时的北京地质学院。

这里大师云集，第一个煤田地质及勘探专业在这里建立，第一批放射性矿产地质找矿专家和核工业人才从这里走出……地大的师生躬身山原旷野，奋战地质工作一线，被誉为"建设时期的游击队、侦察兵、先锋队"。

时代的呼声，青春的回响。据统计，仅1952年至1966年的14年间，学校就有数以万计的本科生、研究生怀揣着"火一般的热情"投身边疆基层。一个又一个大油田的发现让新中国起飞了，内蒙古超大型铀矿的发现一举摘掉"中国贫铀"的帽子。

70年为国找矿，地大人把论文写在了祖国大地上。

60岁的郑有业教授20多年前就到西藏挂职，他牵头成立的青藏高原成矿规律与固体矿产勘查评价研究团队，多年战斗在雪域高原，先后发现与评价了我国规模最大的铜矿驱龙以及朱诺等超大型矿床5处，潜在经济价值达1万亿元以上，改变了我国铜、锑、金红石等资源分布格局,"提升了我国战略性矿产的保障"。

70年为国找矿,地大人上天下海,目光越看越远,越看越深。

2004年,首届毕业生、中国月球探测工程首任首席科学家欧阳自远院士开启了中国人的飞天梦;2014年至今,地球科学学院肖龙教授团队在荒无人烟的柴达木盆地进行火星类比研究,累计行程4万公里,只为打开一扇人类在地球上认识火星的窗口。

乌效鸣、胡郁乐等教授参与见证全球首个钻穿白垩系的科学钻井顺利完工,该钻井被誉为"伸向地球内部的望远镜";助力我国首次海域可燃冰试采的成功,改写了整个世界能源利用格局。

70年为国找矿,地大人也让自己成为一座宝藏。

建校以来,这里培养了30万余名毕业生,一批批热血青年和专业人才把"为祖国寻找宝藏"作为人生的理想;个人成长融入国家命运方有大成,40余名两院院士从这里走出,抒写了"每千名地学毕业生里就有一位院士"的传奇佳话。

无论时代如何变幻,"地质报国"精神已经融入这所大学的血液。

"我们有火焰般的热情,战胜了一切疲劳和寒冷。背起了我们的行装,攀上了层层的山峰,我们满怀无限的希望,为祖国寻找出富饶的矿藏。"前不久,中国地质大学(武汉)校长王焰新院士和一群"00后"大学生在操场上席地而坐,一同唱起那首传唱70年、永远激荡人心的校歌《勘探队员之歌》。

王焰新院士介绍,父辈唱着这首歌,没路自己开路,没水自己打井,在深山老林之中找出了祖国最需要的地下宝藏。即便是如今,地质学专业学生第一课上的依然是野外生存——如何在荒山野岭生火、找吃的,这首歌被带到山峦、旷野、沙漠、深海,永远是"地大人的精神标识"。

今天，在武汉南望山殷鸿福院士的家里，一张1953年5月26日《中国青年报》影印件清晰地记录着当时大一学生殷鸿福发表的题为《正确选择志愿，使我学习得好》的文章，"我以自己能终身做一个地质工作者给祖国服务，感到幸福和自豪"。

一诺千金七十载。

这背后，一代又一代"动地勇士"的青春接力，共同汇聚成这所共和国地质大学的70年记忆。

中青报·中青网记者　雷宇
通讯员　陈华文　高恬泽惠
来源：中国青年报
2022年11月08日01版

# 勇攀珠峰的背后

(附录2)

▶ 院士的大学时代——大地之子

抬头望了一眼隐约可见的珠穆朗玛峰峰顶，陈晨在面罩下呼出了一口气。

她必须非常小心，山脊两侧就是万丈深渊——更何况，在空气含氧量只有平原30%的"死亡地带"，哪怕只是两米落差的跌落，都会让人失去生命。

突然，"噌"的一声，靴底冰爪松动，陈晨的身体失去了平衡，开始向一边倾斜。手本能地挥出，向岩壁抓去，然而与冰面的距离仍在拉开，身体继续向一侧的悬崖跌去……直到身旁的队友猛地伸出手，一把将她拽住。

陈晨清晰地记得10多年前的那一幕。在几轮冲顶后，2012年5月19日上午8时16分，这个时年25岁的姑娘成为中国首位从北坡登顶珠峰的在校女大学生。

"总书记曾勉励我，勇往直前，不断攀上人生新的高峰。"回想起2013年五四青年节座谈会上习近平总书记对自己的嘱托，陈晨至今难以忘怀，还把"中国登山精神"写成了博士毕业论文。

陈晨的成长只是一个缩影。

70年来，中国地质大学（以下简称"地大"）在为国家输送了大批地质人才的同时，培养出6000多名登山健将，被誉为中国登山界的"黄埔军校"。

"登山之于地大，不只是一项事业，更是一笔弥足珍贵的精神财富。"中国地质大学（武汉）校长王焰新院士说，"扎根中国、胸怀天下、勇攀高峰、追求卓越"的攀登精神，已经成为地大人精神谱系的耀眼硬核。

**为祖国勇攀珠峰**

9年过去了，回忆起当初扮演陈晨的场景，姜力维心里那种"翻涌的感觉"依然很强烈："仿佛自己也经历了磨砺和积累，攀上了一座高峰。"

2014年5月4日晚，在"我们的中国梦·五月的鲜花"全国大学生主题文艺活动中，以中国地质大学（武汉）研究生陈晨成功登顶珠峰故事为原型的原创音乐情景剧《攀登》登上了中央电视台的舞台。

28名来自地大的学生演员，为了尽可能真实地还原故事，不管男生女生，"大家都涂着黑黑的粉底、两颊画着两坨粉粉的高原红"。

"从进入演播大厅那一刻起，我们就知道自己的使命是什么。"姜力维说，"要拼尽全力才能不留遗憾，就像陈晨学姐一样。"

在中国地质大学，登山运动有着悠久的传统。

20世纪50年代末，登山运动被学校列入体育必修课。80年代起，地大人经常以班级为单位，全员参加"10公里负重行军"，誓为祖国地质事业练就一双"铁脚板"。时至今日，地大的学生依然有着每天集体出早操、早起床、早锻炼、早学习的习惯。

珠穆朗玛峰是喜马拉雅山脉的主峰，海拔8844.43米，是世界最高峰。鲜为人知的是，"珠峰到底有多高"的疑问，一度困扰着国内科研工作者。

"20世纪60年代，在珠峰海拔的问题上，我们一直被国外数据垄断。"海洋学院教授陈刚介绍，那时对于珠峰海拔的测量，国际上有过许多尝试，不同国家有不同的数据，中国一直沿用国外的数据。

体育学院教授董范回忆："为了应对少数国家的封锁打压，国家综合考虑，要争一口气，决定成立国家登山队，挑战从北坡登顶珠峰。"

从北坡登顶更难。西方登山界曾多次尝试，但均以失败告终，珠峰北坡被认为是"不可逾越的天险"。

1958年，刚从北京地质学院（中国地质大学前身）毕业的王富洲被选进国家登山队。两年后，他成为世界首位从北坡登顶珠峰的登山运动员。

此后，王富洲、李致新、王勇峰、次落、袁复栋等地大人，都曾登顶珠峰，在中国高校中形成了一道独特的攀登风景。

"20世纪80年代初，国家决定培养一批年轻的登山队员，我有幸入选。"1984年8月，董范加入中国登山队。

2012年5月19日，中国地质大学60周年校庆前夕，董范、陈晨、德庆欧珠、次仁旦达师生4人，从北坡登顶珠峰。这是国内高校独立组织的在校大学生登山队首次登顶世界之巅。

董范常说，攀登的过程，是"勇敢者的冒险"。

2015年6月10日凌晨0时30分，在地大登山队准备冲顶北美洲最高峰麦金利峰时，营地气象监测站发出了暴风雪警告——此时，距登顶时间窗口结束只剩4小时，而从营地出发到达顶峰通常需要6—10小时。

得知这支来自中国的登山队决心挑战这一几乎"不可能完成"的任务，营地里其他国家登山队员摇着头说："你们都是疯子。"

与时间赛跑。5名地大登山队员组成小分队，采取阿尔卑斯式攀登方法（一种轻量化的登山方式，登山者携带少量装备和物资，不架设固定绳索，不借助搬运工和氧气瓶，行动速度快但风险大——记者注），带上5包泡面和轻便的装备，在营地300多双眼睛的注视下出发了。

到达山脊线时，队员何鹏飞感到体力严重不支，快跟不上队伍了。抬头望去，乌云正向山顶汇聚，一场暴风雪即将到来。"不能为了自己登顶的目标，陷队友于危险之中，我必须选择放弃。"

队长董范在对讲机中一遍遍重复着："只要你能坚持，就一起上，速度放慢。"

不顾队友阻拦，何鹏飞坚定地解下了结组绳上的主锁，决定返回。转过身的那一刻，他"扑通"一下坐在雪坡上，眼泪不自觉地滑落。那天，他在日记里写道："攀登的意义不止于登顶，有时候，放弃比坚持更重要。"

用时4小时6分钟，地大登山队成功登顶，是当时恶劣天气下唯一登顶的队伍。

何鹏飞的脸上有一块冻伤，那是因为在攀登南极洲最高峰文森峰时，他在即将登顶前拉下面罩和队友说了一句话。回到武汉后的半年里，被冻伤的部位一直没有知觉。直到现在，每当天气变冷，那处旧伤口还会发红。

▶ 院士的大学时代——大地之子

## 登山不仅局限于运动

"陈老师，我很喜欢登山。我想知道，征服一座座高峰的成就感是什么？"海洋学院2020级研究生饶炜博还记得9年前的开学典礼上，与班主任陈刚的第一次对话。

那时，陈刚正在备战第二次珠峰科考的体能测试。前一次，由于突降暴雪等原因，陈刚只上到海拔7500米的营地，未能冲顶。

"当身边再也没有更高的地方，风也会静下来。"望着学生期盼的目光，陈刚语气平和，"外界都关心我能不能登顶，但我更关心的是，能否精确地测到各项数据。"

会场里，测绘专业新生们的神情严肃起来。饶炜博说，"陈老师用实际行动告诉我们，要把科研做在祖国大地上。"

遗憾的是，陈刚的第二次冲顶未能如愿。

2022年4月30日，经过7天攀登，包括陈刚和儿子陈李昊在内的11名中国登山者，在向导的协助下从珠峰北坡登顶，成为2022年首支登顶珠峰的队伍。

距第一次攀登珠峰过去了10年，这一次，50岁的陈刚终于拿到西藏地壳运动监测的珍贵数据，"未经亲手测量的数据，总觉得不踏实，科研工作者就是要到一线去，到现场去"。

在这所攀登者的"黄埔军校"里，登山不仅局限于运动，还始终与地学科考、理论研究紧密结合着。

"路的尽头再向前一步，走别人没走过的路，这就是地大人的基因。"新落成的中国地质大学（武汉）校史馆将这种基因归纳成了8个字：国家需要，地质先行。

从 20 世纪 60 年代起，后来成为中国科学院院士、中国地质大学（武汉）校长的殷鸿福及其团队就在石头里寻找蛛丝马迹，通过古生物遗迹来确定地质年代。

1985 年，为寻找"金钉子"（一个地质学概念，用以界定不同时代地层的全球标准——记者注），50 岁的殷鸿福率队登上海拔 4000 多米的岷山，因体力不支摔倒在乱石中，一条腿粉碎性骨折，五分之一的骨头没有了。然而，仅经过一年多的医治和锻炼，崇山峻岭间，他又开始不断地穿行。

1986 年，殷鸿福根据实地考察推翻了近百年来确定的化石标准，提出将我国浙江煤山剖面作为全球层型剖面和点位。2001 年 2 月，国际地质科学联合会正式确认殷鸿福的提议。2022 年 10 月 26 日，浙江长兴煤山"金钉子"剖面入选世界地质遗产地名录。殷鸿福把地质历史上最重要的三个"金钉子"之一留在了中国。

1978 年起，结合数次科考成果和地学专业特点，中国地质大学先后编写了供地质院校师生使用的野外实践教材、实用教材及视频教材。这些教材填补了我国户外运动专业教材的空白，时至今日仍被广泛使用。

国土安全与所学专业有何关系？怎样发挥专业特长为中国梦的实现贡献力量？这是马克思主义学院副院长孙文沛在《国土安全》第一课中，向台下 1000 多名同学提出的问题。

《国土安全》是中国地质大学（武汉）新开设的品牌思政选修课。孙文沛介绍，以思政课为平台开展大学生国家安全专题教育，在国内高校尚属首创。该课程由校领导领衔，马克思主义学院主持建设，集合地球科学学院、资源学院、自动化学院等多个特色学科师资力量组建教学团队，通过专题讲授、师生对谈等形式授课。

"原来，地质学与国家资源安全关系如此紧密。"地球科学学院2021级本科生赵芃凯在上完课后，对专业学习有了新认识，"学习地质学不仅要学好理论知识，更要将所学投身于国家事业中，贡献出地大人的力量。"

**指引每位地大人攀登心中的那座"山"**

"是那山谷的风，吹动了我们的红旗，是那狂暴的雨，洗刷了我们的帐篷。我们有火焰般的热情，战胜了一切疲劳和寒冷。背起了我们的行装，攀上了层层的山峰……"

1953年12月22日，《勘探队员之歌》在《中国青年报》4版刊出，中国地质大学在1990年将它定为校歌。

70年来，这首歌被带到山峦、旷野、沙漠、深海，成为地大人永远的精神标识，指引着每位地大人攀登心中的那座"山"。

"每个人心中都有一座山。"董范认为，现在自己需要攀登的"山"，是让更多的人了解攀登、爱上攀登。

在董范等人的推动下，1998年，地大在全国高校率先开设野外生存体验课，成为首批拥有野外生存教育资源库的大学。2004年，地大成为全国首批开设野外生存通选课的大学。直到现在，课堂常常爆满，一座难求。

从2012年起，地大登山队每年都会在全校选拔一批学生，不限性别、年龄和专业，"身体素质好、攀登意愿强"是主要标准。经过体能考核、技能培训、理论学习，从上百位报名者中挑选出综合实力最优秀的学生加入登山队，准备登山科考。

体育学院2020级硕士研究生李龙敏本科入学时，就常听老师讲起地大登山前辈的故事。2016年，得知登山队要招募一批新队员,他毫不犹豫地报了名。

去年7月,李龙敏作为队员参加第二次长江源大学生科考活动,前往青藏高原上的格拉丹东测绘点,钻取冰芯、测量高层、开展采样。

由于行程安排紧凑,不到两天,团队就从江汉平原到达海拔约5200米的格拉丹东大本营,那一次,李龙敏的高原反应来得"异常猛烈"。适应3天后,症状缓解,李龙敏慢慢恢复适应性拉练,最终完成了任务。

"登山科考是人类的使命,更是与大自然的对话。"多次登山后,李龙敏领悟了敬畏自然、尊重生命的道理,"站上雪山之巅,不代表我们征服了这座高峰,而要感谢大自然接纳了我们,人类必须与自然和谐共生。"

从兴趣社团到专业登山队,以老带新,优中选优,地大逐渐形成了涵盖本、硕、博各年龄层次的登山人才培养模式。无论刚入学的本科新生,还是攀登近10年的博士、教授,"人人都是攀登者"的理念在校园激荡。

2022年,中国地质大学70周年校庆,地大陈华文老师团队共同创作绘本《山河作证》。100幅黑白钢笔素描画稿,再现了学校野外实习与地质科考的故事。

"创作绘本的过程,也是我们被攀登精神洗礼的过程。"学生唐钰君感叹,在数次修改、与登山队师生交流的过程中,自己深入了解了一代代地大人勇攀高峰的故事,"后来再次路过《攀登》雕塑,总觉得它更加高大了。"

攀登无言,山河作证。

中国地质大学(武汉)党委书记黄晓玫表示,踏上新征途,地大将继续发扬攀登精神,推动学校党建思政与事业发展深度融合，努力培养造就一批担当民族复兴重任的新时代"英雄地质队员"，为保障国家能源资源安全、为全面建设社会主义现代化国家作出新贡献。

通讯员　唐艺卓　高恬泽惠
中青报·中青网记者　雷宇
来源：中国青年报
2023 年 05 月 16 日 09 版